飘落的花絮

马晓俊／著

北京日报出版社

图书在版编目（CIP）数据

飘落的花絮 / 马晓俊著. -- 北京 : 北京日报出版社, 2018.8
ISBN 978-7-5477-3060-7

Ⅰ. ①飘… Ⅱ. ①马… Ⅲ. ①长篇小说一中国一当代
Ⅳ. ①I247.5

中国版本图书馆CIP数据核字(2018)第173524号

飘落的花絮

出版发行：北京日报出版社
地　　址：北京市东城区东单三条 8-16 号东方广场东配楼四层
邮　　编：100005
电　　话：发行部：（010）65255876
总编室：（010）65252135
印　　刷：郑州创维彩印制作有限公司
经　　销：各地新华书店
版　　次：2018 年 8 月第 1 版
2018 年 8 月第 1 次印刷
开　　本：880 毫米 ×1230 毫米　1/32
印　　张：8
字　　数：158 千字
定　　价：30 元

目 录

第一篇 朦胧的校园初恋 1

第二篇 浪漫的军旅时光 11

第三篇 复员回乡的日子 45

第四篇 北大荒的蹉跎岁月 87

第五篇 坎坷的从政之路 105

第六篇 艰辛的创业人生 153

第七篇 尾声 223

第一篇

朦胧的校园初恋

1968年9月1日复课闹革命时，大哥帮我把学籍转到了辽河县第一中学。由于我根红苗正，出身好，又是军官子弟，开学的第一天就被同学们推选为红卫兵排长。开学才短短5个月，我又先后被同学们推选为红卫兵连长、红卫兵营长、红卫兵团长。还当上了辽河县第一中学革命委员会副主任。哎哟哟，这是怎么了？我那时做梦都没能想到，一个才年仅17的毛头小伙子居然能爬得那么快，简直是老坟地冒青烟了。不久，我又被评选为辽河县、吉林省活学活用毛主席著作积极分子。更加邪乎的是，1968年底，辽河县革命委员会成立时，我作为学生代表，又被推选并任命为县革命委员会委员。要知道，那可是一般的科局长都高攀不上的殊荣哩。

一九六八年十月，被评为吉林省学习毛主席著作积极分子（前排左2为本人）

就这样，我头上顶着活学活用毛著积极分子的光环，身上兼着排长、连长、营长、团长、校革委会副主任、县革委会委员等 6 个职务，还要上课读书，每天都有作不完的演讲报告，处理不完的行政事务。

那时候的学校并不教学，每天只是组织学生学习“老三篇”和“毛主席语录”。那些课本上的数理化知识，都被当成了大毒草，学生们根本就学不到。因此，每天只是在课堂上瞎胡闹，今天去大街上敲锣打鼓扭秧歌地庆祝毛主席的最新指示发表，明天又得去火车站等公共场所宣传与颂扬毛泽东思想，后天还得去某个单位把某某“牛鬼蛇神”批倒斗臭。每天都闹哄哄的，没有个消停时候……

我那时对“牛鬼蛇神”们颇有恻隐之心，学校让红卫兵团负责本校十几个“牛鬼蛇神”老师的看管工作。这些人被关押在学校后院的“牛棚”里，我无师自通地学会了权力运作，白天安排学校食堂尽量给他们改善伙食，晚上就偷偷地把他们放回家与亲人团聚，他们第二天清晨再回到学校的“牛棚”里也不迟。那些“牛鬼蛇神”们被感动得一个个泪流满面，都称呼我为“马青天”。后来被学校发现了，我差点遭到了罢免。幸亏军代表护着我，说我是革命的苗子，才保住了这项“乌纱帽”。

作为学校里的风云人物，入学才两个来月，就有些本班与本年级的女生陆续地给我写来了“情书”。其中最能打动我的就数与我同桌红桃的那一封了。

有一天夜晚八点多，看完文艺演出的我们正好在校园的操场旁边相遇了。她趁着夜色塞给了我一本“红宝书”，说是送给我的生日礼物。原来入学那天报名时，细心的她就开始注意我了。

回到学生宿舍，当我打开那本“毛主席语录”时，发现里面还夹着一纸“情书”。我展开一看，顿时就感到脸上发热，心里边还直突突。那上面写着：“我也不知道最近为什么食不甘味，夜不能寐？为什么课堂上想记的东西总是记不牢？为什么老是觉得胸口发闷，以至于还跑到医院抓了两服中药。原来是你已悄悄走进了我的生活，你那挥之不掉的影子总是在无形地缠绕着我……我知道喜欢你的女孩子并不少，我也算得上一个，不过请你相信，我才是最喜欢你的那一个……”

十七岁的红桃不但是我们排公认的排花，还是副排长。

她拥有苗条的身段和白里透红的鹅蛋脸，一对杏眼有点儿往上挑，两道细眉又有点儿往下弯，高耸的鼻梁下镶嵌着一只通红的小嘴，再配上一对时隐时现的小酒窝，长得神似月宫中的嫦娥。

她是一个安静忧郁的女孩，气质有点像林黛玉，比林黛玉还要强，天生一副让人心疼的模样。

像红桃这样的排花谁不喜欢呀？我当然也喜欢了，自打那天知道了她的心事后，我的心里就像是吃了蜜糖一般。可刚兴奋到第三天，我就忐忑了：人家是位吃商品粮的城里姑娘，而我却是一个来自农村的穷小子。这门不当户不对的情感最好还是别发展……我把自己的想法写在了一页信笺上，悄悄放进了红桃的书包里面。

第二天，红桃又给我塞了一页信笺，坚定地表示：她只在乎我这个人，并不在乎我的农村户口身份……

我还能说什么呢？从此，我便经常弄两张电影票与戏票什么的，和她一起看看电影，听听戏曲，不断增加与升华了我们的感情与友谊。

那年月物资匮乏，红桃经常利用省下来的零花钱，今天给我买几颗糖果，明天又给我买几个包子。

我也投桃报李，经常把我每个星期才能分到的几个白面馒头自己舍不得吃，都悄悄装进了她的书包里……由于我们同桌，每天相互递个纸条子，塞点好吃的太方便了。我们神秘而又美好的恋情就这样悄悄地开始了……

我那时虽然很风光，可还是一名不挣分文的穷学生。大哥那时只是个连职干部，每月的薪水仅七十多，要担负起全家五口人的吃与喝，眼看着连我上学的生活费都交不了。我只能每天贪黑又起早，自带干粮往返十几里路去求学。同学们都很同情我，他们见我冬天到了还没能穿上御寒的棉衣，就有的送棉裤，有的送棉帽，红桃还特意叫她妈给我做了一件新棉袄。

唉，我不由自主地长叹一声，我这个县革委会委员当的也太寒酸了……

一九六九年一月，我们那儿的征兵工作开始了，从小就受大哥的影响，参军一直是我的梦想。为了改变我的命运和摆脱眼下的困境，我决定报名去当兵。

那一年辽河县共有六百个征兵名额，其中有五百五十名去北京某汽车团当汽车兵，还有五十名前往大连当潜水员。由于我是红卫兵团长，政治条件突出，所以刚一报名就受到了两支部队的青睐。他们为了能把我“抢”到手，不惜把各自部队的住址与兵种提前向我透露。我经过慎重的选择，最终决定去北京当汽车兵。

接兵的首长姓牛，是一位参加过抗美援朝的团参谋长。他特别欣赏我。临入伍时，他来到我家，一边教我怎样打背包，一边热情地鼓励我，说凭我的聪明才智和在地方打下的基础，到了部队只要好好干，用不了几年就可以成长为一名优秀的军官。

就在我即将入伍的前两天，同学们一批又一批地找到我家为我送行。他们给我送来了钢笔、日记本，还有各式各样的“毛主席像章”和“毛主席语录”。在那个全国人民都把毛主席当成神供起来的特殊年代，毛主席的像章和“红宝书”就是最贵重的革命礼物。

就在我即将入伍的前一天下午，红桃也来到了我们家住的那间小屋，她把一件毛衣送给了我。那是她几天前得到我即将入伍的消息后，买了两斤毛线连夜赶织出来的“情物”。

我也把上午才刚买的一条火红的围脖围在了她的脖子上，那是我省吃俭用特意为她准备的礼物。

分别在即，红桃显得很难过，她情不自禁地一下子抱住我，竟梨花带雨地哭了很久……我一边为她擦拭着眼泪，一边抚摸着她的肩头，答应做她的男朋友，愿终生与她相守。

不知不觉间，天上又下起了鹅毛大雪，红桃起身要走，我也没有挽留。于是，我们手牵着手，踏着厚厚的积雪，一起走到了县城离她家很近的一个巷口。再往前走就是她的家门口了，我只能就此停下脚步，因为我们俩的恋情还处于“地下”状态，没有公开呢。

临要分手时，红桃让我弯了下腰，仔细地拍打着我军装上的积雪，她还乘机吻了一下我的前额，然后才红着眼睛三步一回头依依不舍地离开了我。望着她在大雪中那渐行渐远的身影，我第一次感到心里边有些揪心般的疼痛……

一九六九年一月二十六日上午，生产队长为与我同时入伍的战友刘德恩各发了一支“永生”牌钢笔和一本“红宝书”，算是贫下中农送给我俩的礼物，并为我们戴上了大红花，还派了一辆马车把我俩与送行的家属一起送到了县招待所。那天是娘送的我，大嫂娘儿俩已经于一个月前就去大哥的部队了。招待所的工作人员把我与娘安排在了一间屋。中午开饭时，牛参谋长向新兵们宣布晚上在辽河剧院开欢送大会，还有节目演出。参谋长还特意叫我准备一个发言稿，要我代表全体新兵在大会上把决心表……

晚上七点三十分，辽河县欢送新兵入伍大会暨文艺演出准时开始。那天参加大会的除了刚刚入伍的六百名新兵，还有来自各条战线的两千名群众。待前面的两位军政首长致过词，发表完讲话之后，我在一片雷鸣般的掌声中走上了讲台，代表新兵们发表了到部队后如何读毛主席的书，听毛主席的话，做毛主席的好战士。以及如何学习雷锋，全心全意为人民服务的决心和态度，赢得了到会者们一阵又一阵的掌声……

欢送会刚一结束，文艺演出就拉开了序幕。没想到演出的

第一个节目就是我们辽河一中排练的“忠字舞”。一组由男女同学各十名组成的“忠字舞”队伍进入了舞台，他们边唱边舞：“敬爱的毛主席，我们心中的红太阳，我们有多少知心的话儿要对你讲，我们有多少热情的歌儿要对你唱……”

忽然，我在人群里看到了红桃的身影，单独在队伍前面负责领舞的她，身着一套黄军装，胳膊上还带着“红卫兵”袖章，显得是那样的光彩夺目，格外的英姿飒爽。她一边领着舞，一边往台下寻觅着，终于，我们的眼光聚在了一起，她冲着我莞尔一笑，我冲着她会心地点了点头。“忠字舞”表演结束，我第一个站起来为同学们使劲地鼓掌加油……

第二篇

浪漫的军旅时光

一九六九年一月二十七日下午三点来钟，我们辽河县换上冬季军装的五百五十名新兵，乘着五节专列奔向了军营……

二十多个小时后，终于把我们载到了首都北京。那天到北京时大概是二十九日夜晚十点来钟，睡梦中的我突然被一阵阵锣鼓声惊醒，原来是部队的老兵们在站台上欢迎我们这些刚入伍的新兵。我们又转乘十几辆军用大卡车越过了丰台—卢沟桥—良乡，来到了一个叫公义庄的新兵训练军营。

来到军营的第二天早晨，连长才告诉我们，我们所服役的这支部队是隶属于中国人民解放军总后勤部的直属汽车第五团。也就在那天早晨，我被任命为新兵一连一排二班的班长，当时我还未满十八岁呢。

那天清晨，连长宣布完对我的任命后，还特意向全连官兵介绍了我的“光荣历史”，说我入伍前是一名红卫兵团长，现在为了保卫祖国，由一名“团长”降到了班长，整整降了四级，非常了不起。我知道连长那是在调侃我。

新兵的训练生活是艰苦而又紧张的。每天早晨六点钟起床号一响就得起床，起床后的第一件事，就是以班为单位向毛主席早请示，唱《东方红》，祝毛主席万寿无疆！祝林副主席身体健康！

早操后，就是没完没了的齐步、正步、跑步走。每天还得趴在冰天雪地里练枪法，一趴就是一个上（下）午。

累了一天的战友们，临熄灯前还得向毛主席晚汇报，高唱《大海航行靠舵手》。刚躺下睡得正香呢，连里又搞起了紧急集合……

新兵们的伙食很不好，早饭一律是陈玉米面的窝窝头，小米粥，午餐吃的陈米饭，饭里还常现老鼠屎呢。只有晚饭要好点，每人两个白面馍，仅能把肚子填半饱。那时候讲究阶级友爱，干部要爱护战士，我这个小班长也不例外，晚饭常常只吃一个白面馍，把另一个省下来让给饭量大些的吃了。

那是一个狂想的年代，人们都很亢奋地模仿着雷锋。我也经常带领战友们半夜起床掏厕所，天不亮就起床清扫积雪，为的是想当无名“英雄”，做好人好事不想让别人知道……

入伍后的一个周末，我把在新兵连受训的实况写了两封信，一封寄给了农村的老娘，另一封寄给了家住县城的红桃。

几天后，我便收到了红桃那热情洋溢的回信：

“我真的好想你，没有你的日子就好像炒菜没放盐一样，橘子不大甜一样。

你是我心中的最爱，你在我心中播下爱的花已开，让我的情陪着你春去冬来，为你四季常开。

爱你是我一天最重要的事，想你是我一天最快乐的事，看你（相片）是我一天最享受的事，爱你，想你，看你是我一辈子都要做的事。”

她还说了一些鼓励我在部队好好干的话……这可是一位情窦初开的好姑娘呀!

她那一句句滚烫的誓言就像是一团团烈火，久久地燃烧在我的心窝……

三个月的新兵训练生活很快就结束了。在给新兵们分配工作时，连长问我想干什么？我回答：革命战士一块砖，哪里需要哪里搬。连长说：你去学开汽车吧。我犹豫了一下：我不太喜欢开那玩意。连长又说：那你就去修理连学修车吧。我摇了摇头：干那玩意又太埋汰呀。连长说：我们是汽车团，去掉开车就是修车的……

没等连长说完，我抢着表态：报告连长，我还是去学习开车吧。就这样，我被分配到了团直属教导队，开始了长达六个月的学员生活。

我在教导队又经过了场地，一般道路、山地、城市、冰雪路、夜间等驾驶科目的学习，终于成了一名合格的司机。

一九六九年十一月，我被分到一营四连任实习司机。一营的四个连队都驻扎在北京城里，平时经常换防，今天驻扎在丰台区，明天又换防到海淀区，后天又来到了宣武区……那时候和前苏联关系闹得特别疆，毛主席号召“深挖洞，广积粮”。我们的任务就是配合市民把从地道里挖出来的土往外运，再从外边把修建地道所需的物资往里拉。有时也执行一些光荣而又特殊的任务。比如中央、人大、政协、军委召开大型会议或办学习班时，我们连就会倾巢出动，接送那些与会的代表。因此，总部首长对我们每一个军车驾驶员的思想品德与驾驶技术的要求都很高，光各种科目就培训了六个月。

一九七零年三月，部队开始了轰轰烈烈的忆苦思甜运动。我们连那时驻扎在崇文小学，被总部当作了典型。坐镇指挥的是一位副部长，据说是一位经历过两万五千里长征，身经百战的开国少将。他要求我们每名战士都得大倒苦水，控诉万恶的旧社会。当轮到我控诉时，我把从小听娘讲的她小时候怎样给人家当童养媳，长大后又怎样被逼嫁给了我爹那个老光棍，后来为了生计，又是如何被迫别井离乡，给富人家里当奶娘的悲惨遭遇编成了故事，并绘成宣传画，张贴到连队的宣传栏里。这下可把那位蹲点的首长高兴坏了，他立刻指示连长、指导员，说我是苦大仇深的穷苦人出身，又德才兼备，是个革命的接班人，应尽快发展成为中共党员……

不久，连首长为了考验我的革命意志，又一次任命我为班长（原先的新兵班长已随着新兵连解散而撤销），带领新入伍的十名新战士去农场接受为期半年的劳动锻炼。我知道那是连里对我入党前的又一次考验。

在农场，我与十名新战友在那儿给稻田育苗，插秧，施肥，管理，直到获得了大丰收，才于九月底又回到了连队。

回到连队的当天下午，我就收到了娘与红桃的来信。娘在信中说我每两个月寄给她的十元钱，她都按时收到了（我那时每个月才六元钱的津贴），还说自打我入伍后，有一位叫红桃的姑娘常去看望她……

红桃在信中告诉我她已经初中毕业了，即将响应毛主席上山下乡的号召，到农村广阔的天地接受贫下中农的再教育。并且说她趁着国庆节有点时间，很想来北京找我玩玩。

信的最后，她还作了一首小诗：想你在每一个朦朦胧胧的清晨，念你在每一个暮色苍茫的黄昏，梦你在每一个夜深人静的夜晚。你自从两年前就走进了我的心里，朦胧中的你给我留下了太多的回忆，但愿你的梦中有我，我的梦中有你……

九月三十日下午五时半，我准时赶到了北京站。一眼就看到衣着紫红色上衣的红桃像是一株含苞绽放的红玫瑰，正夹在鱼贯而出的人群里。显得是那样的光鲜，那么的亮丽。她一边朝我挥动着小手，一边喊着我的名字。我急忙接过她手中的行李，然后牵着她的手，乘上一辆公交车，朝颐和园驶去。因为我们连那时候与其他连队换防，驻扎在颐和园的北门。

我们刚一走进连队驻地，就吸引了战友们的注意。他们都羡慕我的女朋友红桃不但长得如花似玉，而且还很像林黛玉。晚饭时，连长、指导员还特意把我们安排到小餐厅，与连首长们共进晚餐哩。

十月一日那天晚上，连长还特别允许我带上红桃与战友们一起来到了天安门前的国旗下面，观看了建国二十一周年的焰火晚会，那天夜晚，我们通过望远镜，还看到了伟大领袖毛主席……

那几天，我领着红桃游玩了长城、故宫、天坛和颐和园。那时候的物价都很便宜，乘公交车五分钱就能坐上好多站，各个景点的门票才一角钱……

在颐和园万寿山的楼台亭阁里，红桃向我提出了一个问题。

那就是如果她在农村扎下根，当一辈子农民，我们还能否走到一起？我让她尽管把心装到肚子里，即使她当了农民，我也永远不会变心的……

听了我的表白，红桃激动地把头埋在了我的怀抱里……

红桃临要离开连队的那天早晨，我到临时宿舍为她送别。临要出门时，红桃把一枚毛主席像章和一张相片递到了我手里。我看到那枚瓷质的像章上刻画着头戴草帽的毛主席正神采奕奕地站在一片颗粒饱满的谷子地里。她似乎在向我表明决心：她将一辈子扎根农村广阔天地。

我戴着红桃赠给我的毛主席像章拍了一张戎装照

大哥来部队看我，我们拍了一张“哥俩好”

那张上过颜色的彩色相片是红桃穿着我送给她的一身草绿色军装照的。衣袖上别着“红卫兵”袖章，上面还写着“中华儿女多奇志，不爱红妆爱武装”呢。

我也把用红布包着的四卷《毛泽东选集》装进了红桃的挎包里。我们还相互鞭策对方：紧跟伟大领袖毛主席，誓将革命进行到底！

一九七零年九月三十日，我们连发展了一批新党员。本来名单上是有我的，可到了举行宣誓仪式时，又把我打入了另册。指导员在找我谈话时表明了连党支部的立场：他说我是一个小知识分子，按规定是要多考验两年的……

可我只上了四个月的初中，连个英文字母都不认得，算个什么知识分子呀？这也太搞笑了，太夸张了吧，连党支部的决定把我弄得哭笑不得。

可那是一个特殊的年代。文化人仅次于“四类分子”。他们一个个的不是被下放到“五七”干校蹲了牛棚，就是被当成了封资修的典型挨了整……而那些大字不识几个的呆头呆脑的“老实人”确能得到提拔重用。我们连就有一个那样的人，才入伍三年就当上了排长。由于人太老实，窝囊得连话都不会讲，当排长还不到两个月，就被战士们气得精神失常……

十月中旬，我被借调到团政治处搞全团技术革新的展览。在三个月的布展日子里，我充分发挥与挖掘了擅长写作的天赋，把整个展厅策划与布置的主题突出，图文并茂……团长侯守吉与政委李德春亲自给我取了个“马秀才”的外号。

从此，我便开始给《总勤通讯》和《解放军报》投稿，居然也有几篇被采用了。战友们每当在报刊上看到我采写的文章，一个个都佩服得五体投地，他们不再喊我的姓名，都直呼我“马秀才”。

一九七一年三月，我们排又接受了一项新的工作。那一年为庆祝毛主席的《五七指示》发表四周年，由军委总后勤部牵头，各大军区配合，在中国人民革命军事博物馆搞一次大型展览。

我们排的任务就是负责接送驻在后勤学院的各大军区及各军兵种的布展人员。

那些从全军抽上来的布展女兵，几乎全是芳龄不超过二十岁的“红色娘子军”。由于她们还要担任开展后的讲解员，所以她们不但个个口才俱佳，而且还都拥有一副副漂亮的脸蛋。

据说她们进京前，几乎都是从各个部队百里挑一的歌舞演员。这回我们排的三十多个小伙子可享有“艳福”了。那些女兵们不是每天早晨跑到我们驻地为我们唱歌跳舞，演革命样板戏，就是利用星期日，争着抢着为我们洗衣服晒被。更实惠的是，开饭时女兵们吃得都很少，我们这些男兵可逮着了。那满桌子好吃好喝的食物，几乎全都装进我们男兵们的肚皮了。

还有就是，每天清晨出操时，女兵们迈着碎步在前头跑，我们男兵在后面随，一点儿也不觉得累……

有一天下午，我从外地执行完任务刚回到宿舍，一位长相甜美，身着四个兜军装的女军官带着两名女兵便踏进了门。她们的怀里还各抱着一摞白色的床单。非常搞笑的是，当她们很麻利地为我们全班铺好床单后，那位女军官却指着那些床单上的片片斑痕，很严肃地把我给“训斥”了一顿。她指责我们是怎么搞的，怎么能在床上乱吃东西，看把一条条雪白的床单“画”的就像世界地图似的，这么不知道爱惜！害得她们打了几次肥皂也没能除去……

我憋了老半天也没能憋住，终于“扑哧”一声笑出声来。

“笑什么笑，严肃些……”

那女军官还挺盛气凌人哩。

原来那天是星期天，女兵是在学雷锋，为我们男兵做好人好事呢。

可那些天真无邪、无比纯洁的女兵们压根就不懂得我们这些男兵们的生理周期，那些地图似的斑痕，并不是她们想象中的水果汁……

一九七一年三月中旬，接送女兵们到中国人民革命军事博物馆上下班的工作开始了。

我那时在汽车第五团四连六班任班长，开着一辆崭新的大解放，车牌号是辰9—04—61，专门负责接送总部展厅的女兵们。

不知道为什么，女兵们上下班时都喜欢往我的车厢挤。巧的是那位一天前还“训斥”我的女军官，此时也被分乘到我的车里。她似乎与别人不一样的是，每次上下班时，女兵们总是都很恭敬地让她坐进我的驾驶室内。女军官也并不推辞。她似乎觉得自己坐在副驾驶的位子上是理所当然的，因为她是负责总部展厅的领队。

开始几天，我由于觉得她是一名高不可攀的女军官，所以都没敢仔细地看过她一眼。后来还是她打破了沉默，主动地向我问长问短……

女军官告诉我，她的芳名叫乔燕，也是生于一九五一年，出生的月份还比我大一点，十四岁就参了军，是总部文工团的一名正连职分队长。此次搞“五七”展览，她是负责总部展厅的政治指导员……

她主动与我聊天之后，我才敢大胆地打量着每天都坐在我身旁的这位美女。乔燕生得一副标准的瓜子脸，乌黑的柳叶眉，一对毛嘟嘟的杏核眼睛，就像会说话似的，高高的鼻梁下镶嵌着一枚樱桃似的小嘴。再配上一身草绿色军服衣领上的一对红色领章和叠在军帽上那颗闪闪发光的红五星帽徽，英姿飒爽地让人心跳加速……

在接下来的日子里，乔燕一改初见时的凌人与盛气，对我十分的礼貌与客气，讲话时也总是慢声细语的，变得既温柔又妩媚，就像是换了一个人似的。她很喜欢听我讲一些小时候的调皮史和农村中的一些趣事。美丽善良的她，有时听得泪流满面，也有时听得神采纷飞……

不知不觉间，乔燕看我的目光经常地走神，似乎在想什么心事，她那对水汪汪的大眼睛里，我似乎感觉到有我的倒影……

有一回，她很婉转地问起我谈没谈过女朋友。我如实回答了与红桃的一段感情。她听了以后很受感动……

其实，自打上一年十月收到红桃的最后一封信之后，已经六个多月了，就再也没收到过她的只言片语。入伍都两年多了，我们一直保持着每半个月就互通一封信的习惯，这几个月来忽然中断，着实叫我非常的惦念……

五一劳动节就要来

一九七一年春天的我每天开着那辆大解放接送女兵们上下班，乔燕就坐在我的旁边

临了。展会的战友们准备排练一些文艺节目，开一场联欢会好好地庆祝庆祝。可许多节目都缺少男主角，这下我可成了“香饽饽”，女兵们好像提前串通好了似的，都一起把目光瞄向了我。她们纷纷地登门央求我，这个让我扮演《红色娘子军》里边的洪常青，那个又让我扮演《白毛女》里边的杨白劳，还有的叫我演《红灯记》里边的李玉和……

从小就爱唱爱跳的我喜上眉梢，居然把几个角色全都揽下了。“五一”劳动节那天会演时，我竟也把几个角色都演得活灵活现。那天我还单独男扮女装，模仿京剧《红灯记》李铁梅的一段唱腔“做人要做这样的人”。我那不伦不类的扮相和惟妙惟肖的唱腔，逗得女兵们有的笑出了眼泪，有的前倾后仰。当场就有许多女兵要与我合影照相……

五月四月上午十点，我正在军博院内保养汽车。突然听到楼上有人呼喊：“着火了，快来人哪！”随着喊声，便发现三楼的一间展厅内直往窗户外边冒着黑烟。我急忙与在场的另两名战友冲进了三楼，与展厅内的女兵们一起用水浸透了军装，扑向了浓烟与火焰。经过了十多分钟的奋战，我们终于扑灭了火源。

女兵们由于经历了较长时间的烟熏火烤，有几位已经昏迷过去了。我与战友们一边把她们背到了楼下，一边为她们做胸部复苏，又以最快的速度把她们送到了解放军总医院。巧的是经我背下楼，并抢救过来的那位女兵，居然是乔燕！

到了 301 医院，医生看到我的头发，眉毛已烧成了秃毛，两只手的皮也几乎烧焦，说已经构成了轻伤，把我也留下了住院治疗。

住进医院的第二天，总部的首长们就赶到医院看望烧伤的人员。巧的是领队的那位首长竟然是上一年在我们连蹲过点的副部长。更巧合的是，我抢救的那个女兵竟然还是他的独生女儿乔燕。

首长走到我的面前，慈爱地抚摸着我刚刚“剃过”的光头，说了一些感激我为抢救国家财产和他女儿的话……

所幸我与乔燕伤的都没有多重，才一个星期就出院了。出院那天，首长特意派来了他的座驾“吉姆”，把我与乔燕接到了他们家住的将军楼。

首长住在总部后院的一栋上下两层的“将军楼”里。刚一进门，阿姨就把我们让进了会客厅内。阿姨的家乡是安徽蚌埠的，年龄只有三十八岁。原先是部队医院的一名护士，她与首长的婚姻是由组织介绍并安排的。一九五零年她们结婚时，首长已经三十五岁了，而她的芳龄还不满十七。乔燕是她们婚后第二年诞生的。

阿姨快人快语，性格直来直去，天生的一副好脾气。而且长得也端庄秀丽，虽然已经人到中年，但看上去还不到三十岁。乔燕长得特像妈妈，若娘儿俩站在一起，外人还误以为是亲姐妹哩。由于阿姨人长得漂亮，又温柔贤惠，首长处处都依着她，几乎全听她的。

午饭时，阿姨亲自下厨，做了一桌子好吃的，首长打开了一瓶“剑南春”，非得要我陪他多喝几杯。那时候讲究官兵平等，官越大越不摆架子。不像现在的官员，人难见，脸难看，事难办……

我那时还不会喝酒，可首长不允，我只好憋住气陪首长喝了两杯……最后还是阿姨帮我解了围……

饭后，乔燕把我带到了二楼小会客室。她为我沏了一杯清茶，便娓娓动听地告诉了我一个秘密：她说她的父母都很欣赏我的才华与人品，打算先叫我回一趟家看望老母亲，回来后就把我调到总部，用不了多久就能提升为穿四个兜的干部……

乔燕还告诉我，原来她的父母只有她一个女儿，老早就想物色一个干儿子哩。临别时，她还嘱咐我探亲时别忘了去寻找一下已失联很久的红桃，并且到家后别忘了给她写信……

一九七一年五月二十日，团里召开立功受奖大会。团长在会上首先宣读了总部对我奋不顾身地抢救国家财产和战友生命的嘉奖令。并同时宣布我荣立了三等功。政委还亲自为我戴上了闪着金光的军功章。

回到连里的当天下午，连长就批给我十五天的探亲假。并嘱咐我按时归队，归队后将要接受新的任务……

就在我将要回东北探亲的头一天，乔燕又找到了我，她说负责总部展馆的女兵们与我相见恨晚，在一块没待够，想让我最后再拉她们一趟去旅游。

那天下午，经请示连里同意后，我像往常一样拉着她们去了一趟风景如画的十三陵水库。刚一下车，女兵们就像鸟儿似的叽叽喳喳地将我围住，非要与戴着军功章的我合个影才肯罢休。

我不仅满足了女兵们的心愿，还当起了导游，带着她们尽情地玩耍了一个下午。

在返回的路上，乔燕深有感触地对我说：“你这人磁场好大呀！女孩子们都很喜欢你。她们听说你要回去探亲，有的女孩子都哭了。”

是啊，与她们在一起朝夕相处也有两个来月了。她们觉得展会的使命即将结束，待我探亲返回时，很有可能彼此都见不到了。军人都是很注重友情的哟……

两天后，乔燕把我送到了北京站。我乘上了一辆开往东北的列车，十五个小时后，于二十三日上午到达了辽河县。在北京临上车前，乔燕给我买了好多北京当地的土特产，加上我带的行李，足有几十斤重。我正犯愁怎样走完到前进村的十几里路程呢，巧的是刚一出站就遇上了老同学张桂兰。她那天要去合力村集体户，正好从前进村路过。小张见到我显得异常的亲切，她急忙夺过去一个行李包帮我拿着。一路上我通过与她边走路边唠嗑才弄清了我们班同学以及红桃的下落。原来红桃与我们班的一部分同学在卫星公社的一个偏远村子落了户。

上午十一点，我终于又回到了阔别两年多的第二故乡前进村。刚一走进院子就看到了老娘正在门口摘菜呢。老娘此时也看到了我，我激动地喊了一声“娘”，就扔掉了手中的行李，与娘抱在一起了。

刚收工回家的乡亲们听说我戴着一枚军功章回来探亲了，都一起涌入了我们家小院，向我嘘寒问暖……

当天晚上，我趴在小炕桌上，给红桃写了一封情真意切的长信……

我在信中指责她为什么这半年多与我中断了联系？为什么当年的山盟海誓说变就变？为什么要分手都不能说一声“再见”？害得我还在那儿傻老婆等蔫汉……

第二天刚吃完早饭，我就揣着那封写给红桃的书信，怀着一种复杂的心情，踏上了“寻情”之路……

我那天穿过一片片麦田，又越过一座座沙丘，步行了十几里路，终于在头晌午来到了红桃所在的集体户。刚收工的同学们见到他们当年的团长来了，一下子就把我层层围住。他们有的去打水，有的削土豆，还有一位同学从老乡那儿借来了五斤白面并赊来了酒和肉，说是要好好招待我这个“学生头”……

中午聚餐时，集体户里的十二位同学到了十一个，唯独未见红桃把面露。下午三点多钟，待同学们都陆续下地后，红桃才终于露面了。她有些很不自然地来到我的面前，先是问我多咱回来的，后又问我到她们集体户干什么？

我见她对我如此冷漠，完全出乎我的预料。我问为啥给她写了那么多信都不回？

她气得杏眼圆睁：“我还正想问你呢，我这么久不但没收到过你的来信，而且给你写的信还被全部退回了。这到底是为啥呀？”

“这怎么可能，你们家的地址我早就会背了，不会写错呀。”

“你倒挺会装的，我不就是当了农民配不上你了吗。又何必倒打一耙呢？”

“你，你肯定是误会我了，我是那种人吗？”我们悄声争执着，彼此都觉得挺委屈的……

就在这时，同学小袁进屋了。她是来喊我们乘车回县城的，说是下午只有这一班车了。我们三人一同上了车，在车上，小袁自我介绍她与红桃两个是闺密，她早就知道我与红桃二人的小秘密，还说她请客，叫我们二人明天到她家里聚一聚。班车很快就到了辽河，我还要回前进村。临别时，我将头天夜晚写的那封书信交给了红桃……

第二天上午九点多钟，我拎着一份从北京带回来的礼物，来到了县城东边的小袁家。那天是小袁的妈妈袁婶接待的我。她告诉我小袁与红桃两个去街里买菜了，一会儿就回来了。

袁婶那年四十五岁，是安徽芜湖人，她快人快语，心地善良。当她明白我的来意时，便热心地要做红桃的工作，当我们的月下姥。我们正说着话，小袁与红桃便进了外屋。袁婶给我使了个眼色，我连忙躲到里屋假装看书。

在里屋，我听到大婶在一个劲地给红桃做工作："……红桃哪，像马晓俊这样的小伙就是打着灯笼也难找啊！人家对你有情有义，都等你两年多了，多难得呀！正好今天晓俊也在我家，要不你们就干脆在这儿把婚事定了吧，还等什么呀？"

大婶的一席话似乎打动了红桃，我隔着套间玻璃看到她在向大婶低声地哭诉着什么……

中午，我们围在炕桌上吃了一顿丰盛的午餐。饭后，大婶娘儿俩借故出去了，屋里只剩下我们俩。我们经过了较长时间的对话，才终于弄清了这半年多的变化。

原来，我刚参军不久，珍宝岛战斗就打响了。红桃妈害怕中苏战争爆发，我以后万一上前线牺牲了，她闺女就得守寡。

本来就心存疑虑的她，偏偏就在红桃下乡时，一个提亲的来到她们家。提亲者来头好大，说是有一位县委副书记的公子相中了她家红桃，只要能答应这门婚事，以后什么返城啦，上大学啦，统统都不在话下。红桃妈立马就动心啦，可她找红桃谈了好多次，红桃不但没动心，还气得好久没回家……

于是她妈就心生一计，把我所有的来信全部扣下。被蒙在鼓里的红桃接连数月没得到我的信息很着急，曾写过几封信想问明真相。可那几个月由于部队变动频繁，我也没能收到她寄来的信件……

女孩子的心往往都是很脆弱、敏感、多疑的。红桃好久没收到我的信件，便以为前途无量的我心已变。

就这样，她才无奈地接受了那位公子的求婚，并很快成为了他的人……谜底终于解开了，但是一切也都失去了，再说什么也是多余的了。于是，我从衣兜里掏出了两件用新手帕包着的礼物送给了她。一件是闪闪的红五星（帽徽），另一件是一套带“为人民服务”的纪念章。并祝福她新的爱情能够地久天长。

就在我起身要离开时，红桃又一把拦住我，叫我不要记恨她。还说是她负了我，要我一定原谅她……

看到红桃那满脸的泪水，忏悔而又内疚的表情，我不由得心如刀绞，挣开红桃，夺门而逃……

回到前进村家里的当天晚上，我便按照乔燕的嘱咐，把回来后以及红桃已“移情”别人，不再属于我的经过写信向她说明了情况。万万没想到信刚写完，红桃便突然前来造访。我惊讶地问她连夜赶来找我还有啥事？没想到红桃前来的目的令我嘴巴大张，心律失常……

原来，她白天知道了我们失联的真相，总觉得对不住我这个初恋的“情郎”，这才将自己打扮得格外漂亮，连夜登上了我的家门，想把身子给我，作为几年来的情感“补偿”……

红桃情真意切地告诉我：“……我也没想到咱俩的事会弄成这样，可为了将来返城，我也只能任命。趁着我的身子现在还干净，今夜就陪你一晚上，这样我们也没枉相爱一场……”

她一边解着衣服的纽扣，一边慢慢地贴进我。从她那深情的眸子里，我读懂了她想献给我那最宝贵的第一次，因为我才是她最心爱的……

我激动地把她搂进了怀里，仔细端详着微闭双眼的“林黛玉”，嗅着那浑身散发出来的香气，紧张得热血沸腾，差一点没搂住火就与她发生了关系……

就在此时，我突然想起自己是一名解放军战士，红桃已不可能再成为我的新娘，我最好还是别对她这样……

我连忙又把她推到了一边，并为她系好了纽扣，吻了一下她的容颜。

红桃慢慢地睁开了双眼，用疑惑的眼神打量着我，似乎在问：“你为什么不要我？”

我轻轻地摇了下头，表示她的“恩赐”我不能接受。

红桃又羞涩地点了点头，表明她是真心的……

我再次摇了摇头，并为她铺好了被褥，将她留下来，然后自己出去找宿。

红桃见我要走，连忙跳下小炕，一把抱住了我……

我只是与她温存了一下，掰开她那抱住我的双手，还是出去了……

第二天上午，我先将红桃送到了县城，又将写给乔燕的信件投进了邮箱，顺便接回了在县里开会的老娘。

几天后，我便收到了乔燕那诗歌般的情书。

想念中的骏小马战友：

你好！

时光如箭，日月如梭，一晃百日有余，我们为了革命事业走到了一起。

我自打见到你的第一天起，就很喜欢你。只是你那时已经有了未婚妻，我只能望尘莫及。

没想到天赐良机，我又有了属于我的爱情领地。

我尊重爱情降临到我身上的缘分，

喜欢，我就要去争取，也好对自己的情感有个最好的交代。

你尽管只是一名战士，但你的人品、才华与帅气却令我钦佩。

我想在对的时间遇到你，我会幸福的。

我会只在乎你，就像瓜儿离不开秧，鱼儿离不开水。

遇见你是今生缘分，陪伴你是今生今世。

你以前的恋情虽然刻骨铭心，但毕竟已经过去了，就让她沉淀在你的心田里吧，全当一段最美好的回忆。

我才是你现在最值得把握与珍爱的人。并愿在不久的将来，与你结成革命的伴侣。为共同的理想——共产主义事业而奋斗终生！

我以痴情静待着你的爱心与佳音……

我的个妈呀！这乔指导员还真能整词。这样的情书在那个年代可全都是小资产阶级情调，要受到批判的呀！

哎呀呀……这乔燕的脑袋是不是叫驴给踢了呀？一个开国将军的独生女，前途无量的军中之花，怎会看上我这个穷大兵的呀？她不会是在拿我开国际玩笑吧……

再说我那时还只是一个大头兵，部队也不允许在军营里谈情说爱呀！我即便是有贼心，也没有贼胆呀……

不知怎的，我捧着情书的手有点儿发抖，心如撞鹿，情不自禁地想起乔燕这几个月来，看我的异样眼神和对我的好……

管她呢，反正红桃已经有了更好的归宿，不再属于我了。我也挺喜欢乔燕的，还忧虑什么呀！这可都是我八辈子祖宗为我修来的福份呀！

于是，我怀着复杂与忐忑的心情，冷静地将信笺摊在小炕桌上，提笔把心里的想法告诉了她：

一百个日月，许多个梦，
对你的好感与日俱增；
你清纯秀丽，朴实无华，
你心地善良，温柔多情；
你性格开朗，处事稳重，
你喜文爱墨，与我共同；
你政治成熟，旗帜鲜明，
你爱党爱国，立场坚定；

你一颗红星头上戴，

革命红旗挂两边；

不但是一位军中美女，

还是一位政治指导员。

若你不嫌弃我是一个大头兵，

我很愿与你共度人生……

一九七一年六月的一天，我探完亲刚回到连队，连长就派人叫我到连部去。我来到连部，连长指着我的鼻子说："你小子好福气，上个月刚立了三等功，这回总部首长又看上了你，还叫你给他开车去。你小子以后要是发达了，可不许忘了咱们连队。"

"是！请连长放心，我一定会给咱们连增光的。"

当天下午，连长就派了一辆汽车，把我送到了新的岗位——总部司令部管理局。打那天起，我就成了总部首长的专车司机。

其实给首长开车一点儿也不累。平时大部分时间是在家待命，只有少部分时间载着首长去视察部队。首长与阿姨还真把我当成儿子哩，家里只要有什么好吃的，都要叫上我与他们聚一聚。那乔燕对我就更没有说的，她不仅对我关怀备至，还经常为我洗衣服、床单什么的……

乔燕喜欢玩，她一到星期天就缠着首长叫我开车带她旅游去。首长拗不过女儿，每次出门时都嘱咐我把耗油量记下来按时交费，说是不能占国家的便宜。几个月来，我们游遍了北京的山山水水，观赏了许多文明古迹。乔燕爱游泳，有几回我们还在十三陵水库畅游哩……

不知不觉间，我与乔燕的恋情也在首长的“座驾”里生根、发芽、开花，成了一对幸福的恋人。

那时候的人都很传统，即便是成了一对恋人，也不好意思过于亲近，像正人君子似的。就连接吻那样的小动作都不好意思。

说来很搞笑，我们那时候出去玩，每次中午休息时，都是躲在小汽车内，吃着自带的面包，喝着汽水，然后拉上帘帘，在那儿头挨着头，肩靠着肩地认真学习《毛泽东选集》呢。

乔燕有时候困倦了，就躺在我的怀里闭上眼睛稍作休息。

每当看到我怀里的她那长长的睫毛，挺直的鼻梁，晶莹的嘴唇，美丽的容颜和军装内那对一起一伏挺拔的乳房时，我心里就像撞鹿似的。恨不得将自己化作一泓清水，溶入她的体内，与她融为一体。

我有好几次都想吻一下乔燕那粉红色的嘴唇，可每次都紧张得不好意思。有一回，我终于鼓足了勇气并憋住了呼吸，正要亲亲我的军中美女时，可就在我的嘴巴快要挨上了乔燕的嘴唇时，她不知怎的，突然睁开了那对美丽的大眼睛，吓得我立马又缩了回去。她羞涩地看了看我，又幸福地闭上眼睛，脸上泛起了一片红晕，似乎在等待着那美妙的时刻，可我竟然紧张得浑身发抖，额头冒汗，还是没敢“造次”。

又是一个风和日丽的中午，我们爬上了风景如画的燕山。在一处半山腰的小溪边就餐时，乔燕从旅行包里掏出了两个菠萝和几只牛角式的奶酪。从没吃过菠萝的我不知道怎样吃，于是拿起整个菠萝就往嘴里填，结果咬了几口也没能咬动，还把牙花子给硌得稀巴烂。

我一边埋怨乔燕买菠萝时也不挑一挑捡一捡，怎么买个老的来糊弄俺。乔燕见状笑得弯下了腰，她只得取出水果刀，将菠萝的皮去掉，分割成许多块，然后又像个姐姐似的一块一块地喂我……

吃完了菠萝，我又拿起牛角似的奶酪用嘴咬，结果扑哧一下，里面的牛奶溅了我满脸满胳膊，这下乔燕看到我的狼狈相，被我逗得眼泪都笑出来了。她又连忙为我擦拭着，并拿起一根吸管插进了另一只奶酪里，教我先吸奶，再吃壳……

那次午餐后，乔燕从军装里掏出了一块"上海"牌手表。她一边把手表戴在了我的手脖，一边嘱咐我，要我记住毛主席的教导："一万年太久，只争朝夕"。希望我不断地进步，全心全意地为人民服务……

有一回，首长酒后吐真言。他对我讲："小马呀，你以后就不用复员啦，小车连缺个副连长，明年我就让你当。以后再把你老娘接过来，咱们可就成一家人啦！"

"晓俊这孩子，特招人喜欢。他提干的事，咱们还得抓紧时间办……"阿姨也在一旁发表了意见。

打那以后，首长一家就把我当成了他们的家庭成员。乔燕也总是像个知心姐姐一样，待我就像春天般的温暖……

转眼就到了一九七一年十月的一天，总部在大礼堂向所属的官兵传达中共中央文件。说林彪一伙叛国投敌，已摔死在蒙古的温都而汗。

两个多月后的一九七二年元旦，总部保卫部的两名军官突然出现在我的面前。他们把我带到了一间漆黑的审讯间，要我揭发首长是否上了贼船，是否与林彪反党集团有牵连……

呵呵……他们可真能抬举我呀，我一个当兵的哪里知道那么多呀！就在两个多月前我们还衷心地祝愿毛主席的亲密战友，林副统帅身体健康，永远健康呢。这怎么一夜之间又成了大坏蛋。还弄得我们首长也跟着受牵连。

于是，我连着写了三份“揭发”材料，每份都“揭发”首长如何教我读毛主席的书，听毛主席的话，做毛主席的好战士。还教我怎样学习雷锋，全心全意地为人民服务……

一个星期后，保卫部门解除了对我的审查，又让我回到小车连。连长告诉我，就在我被隔离审查期间，首长已被发配到宁夏贺兰山的“五七”干校，在那儿接受劳动改造。连长接着又通知我，鉴于首长已被“打倒”，连里人员又“超编”，组织上决定我仍回到原来的部队汽车第五团……

就这样，我又回到了四连六班，只是我调走后连里又任命了新班长，我这次回来只能当一名机动驾驶员。

不久，我便收到了乔燕的信函。她在信中向我讲述了她们家的近况：原来，林彪事件后，她爸也受到了牵连，被下放到宁夏的一个农场，当了一名司炉员（锅炉工）。她本人也被转业到当地的一个工厂，当上了一名工会的科员。并说她们全家都很想念我，但为了不让我再受到牵连，今后就不要再联系了，以免给我带来更大的麻烦……

看完乔燕的来信，我总觉得心里发酸，首长一家人对我恩重如山，如今人家落了难，我理应为他们排忧解难。想到这里，我当即就给她们写了一封热情洋溢的安慰信。可当我正要书写信封时，却找不到乔燕的详细地址。原来她们是怕拖累我，不想与我再有瓜葛，故意没提供的。就这样，我的第二次恋爱又这样夭折了……

不久，连里组织批判林彪叛国投敌大会，其中有一条罪状是林彪反对出兵朝鲜，抗美援朝。等轮到我发言时，我信口开河，竟然为林彪“美言”了几句。我说：“林副统帅，不，林彪判国投敌的确是罪不容恕，但在抗美援朝问题上不主张出兵也自有他的道理。我们那时才刚刚建国，百废待兴，尽管在那场战争中打出了国威军威，但为了一个小小的朝鲜，死伤了几十万将士，也的确得不偿失。为了那场战争，我们欠下了苏联巨额债务。在三年大饥荒时期，由于‘苏修’逼债，还导致我国多饿死了那么多人……”

我的发言还没结束呢，便遭到了战友们的猛烈评击。他们说我是林彪的走狗，思想观念有问题，还有人要求开除我的军籍。兴亏连首长似乎对我的发言有同感，才给我解了围，说我只是思想认识问题，没有必要乱扣帽子，叫我以后多加注意……

转眼又到了一九七二年的秋天。我们连那时配合市民们挖防空洞，驻扎在牛街 135 中学的校园。在一次“天天读”时，我一不小心又招来了一场麻烦。

那是在日本首相田中角荣访华期间的九月三十日清晨，我们班在“天天读”时，由我给大家读了一篇刊登在人民日报九月二十九日的《中日建交联合公报》。当读到“周恩来总理代表中国政府宣布：从中日两国人民长期友好的大局出发，决定放弃对日本作为侵华战争战败国的战争索赔”时，我顺便发表了不同的“意见”。我说：“这也太便宜小日本了吧。那么多的战争赔款咋就都不要了呢？要回来好实现我国的‘四个现代化’呀！小日本杀害了我们三千五百万同胞，就算是把他们的老巢赔给我们也不算多。为了和小日本长期友好，连战争赔款都放弃了，这也对不起那些死难的同胞呀。我们甲午战争成了战败国，不是也赔偿了小日本两亿多两白花花的银子吗……”

没想到我的一派胡言，竟给自己惹来了麻烦。班里的一个新兵蛋子为了表现表现，竟把我的观点报告给了连长、指导员。还给我扣了一顶大帽子，说我反对毛主席的无产阶级革命外交路线。

这一下麻烦可大了。连长、指导员立马就把我叫到了连部，也没容我分辩就把我骂得狗血喷头。他们还要我写出深刻检查，不然就把我处理回家修理地球（种地）。

是啊！在那个特殊的年代，伟大领袖毛主席决定了的事情，连将帅们都无法更改，我一个小兵又算得了什么呀！

于是，我只能认真地写了一份深刻的检查。我写道：毛主席是全世界人民的革命领袖，他那宽容大度的胸怀能容下五湖四海。而我只是个井里的娃，看到的天仅有巴掌大……

检查倒是通过了，可那一年十月的入党名单上，又把我给打 x 啦……

就在那年十二月上旬，我在北京遇到了一位贵人。她是我辽河的老乡，在北京市某小学任校长。更巧合的是，我们还毕业于同一所中学。只不过我上的是辽河一中，她读的是伪满国高。几乎每个星期天，我都应邀去她家里度周末，她的丈夫及一双儿女都待我特别的友好。她姓花，叫花静，我称呼她静姐，每次去她家都有一种到家的感觉……

一九七三年的元旦，我是应邀在静姐家度过的新年。那天下午，静姐拿出了小妹的彩照，说小妹在辽河县革委会招待所工作，是朵县花，芳名叫花朵，我若有意可以介绍给我。我仔细地打量着相片中那位瓜子脸上长着一双毛嘟嘟大眼睛的女孩，觉得好面熟，似乎在哪儿见过。再一打听，她原来也在辽河一中上过学，而且与我还是一个年级部的。莲姐见我似乎有点心动，便当即给我拍了一张戎装照和与她全家人的合影。据说那两张相片寄回辽河老家后，全家人都高兴得不得了。因为花朵第一眼就从相片中认出那位英俊威武的军人是我，再加上此媒是她大姐穿针引线搭的桥，全家人当场就投了赞成票……

静姐的家人认为这样的缘分太巧合，也许是上天故意安排的。不然在偌大的北京城，静姐怎会遇上我？而且花朵与我还是老同学？于是，她家人都想叫花朵早点进京面见我。

一九七三年元月，我被连里任命为军械员兼文书。当过兵的人都知道，这种职位都是干部苗。连长、指导员也鼓励我好好干工作，若不出意外，一年后就能穿上四个兜（当上军官）了。

就在我担任文书不久的一天，我与通讯员小牛到颐和园去布置向雷锋同志学习的展览。在路过万寿山附近的一座山坡处，突然遇到了一名歹徒。那家伙不但对一名女青年拳脚相加，将其按倒，摘去了带在腕上的手表。口中还不住地嚷道："……是你要分的手，得把手表还给我。"

“求大家赶快救救我，我根本就不认识他，他是一个歹徒……”

女青年在向游人乞求。

“你跟老子睡都睡过了，还不认识我呢，大伙别在这儿听她扯王八犊子……”

就在游客们真假难辨，愣在那儿的时候，歹徒乘机就想往山下溜。

“站住！你到底是干什么的？”

那人回过头看了看我，见是两位大义凛然的解放军时，吓得撒开腿就跑……

我追上去一伸腿便将他撂倒，然后又把他扭送到公园派出所。

原来，那小子经常假扮一些年轻女性的“男朋友”来迷惑大家，当众掳走女子的财物，曾多次作案，这回终于被我逮住。

出乎所有人意料的是，就在民警做着笔录，问起我的部队番号与姓名时，我的回答令那位青年女子先是惊讶得杏眼圆睁，继而又咯咯直乐。原来她是刚刚来到京城与我相亲的花朵。那天上午当她赶到家住颐和园附近的静姐住处，发现静姐的家人都上班上学去了，这才来到了颐和园闲逛悠。没想到竟遭遇了刚刚发生的那一幕……

只是已有几年没见到我的花朵被歹徒羞辱得一直没好意思抬头，压根就没想到那个见义勇为的解放军会是我。而我呢，也只是觉得与她似曾在哪儿见过，做梦也想不到会是前来与我相亲的花朵……

连首长十分关心我，他们知道我的前两任女友都“黄”了，这回又来了一位更加艳丽的花朵。并羡慕我有“艳福”，希望我能把握住。还破例准了我几天假，能尽快地把花朵娶回家。

那几天，我使出了浑身的解数，像一只蜜蜂似的整日围着花朵转悠，一门心思地想把这朵芬芳的鲜花采到手。北海、景山、天坛、长城、故宫，处处都留下了我们的足迹与身影……

我们在故宫御花园的一处凉亭内坐下后，花朵就羞羞答答地与我唠起了中学时代的“回忆录”。她说我那时是个“学生头”，同学们都众星捧月似的围着我。女生们更加崇拜我，谁如果能跟我唠上几句嗑，都高兴得夜晚睡不着觉。她那时也曾想接近过我，可机会一直没找到……

没想到几年后居然把自己送上门了。

我们还在北海公园的大柳树下并肩而坐，幸福地憧憬与编织着未来婚后的甜蜜生活——她希望我能尽快地穿上四个兜，当上干部，在北京能有一处属于我们的爱巢，然后再生下两个可爱的宝宝……

哎哟哟，花朵那天似乎是喝多了原浆美酒，越说越起劲，居然把泛着红晕的瓜子脸贴到我的脸上了……

我也心如撞鹿似的陶醉了……

花朵回去以后，便与我书信不断，几乎每封来信都鼓励我在部队好好干，争取尽快入党提干……

一九七三年八月一日那天，连党支部经过对我几年的严峻考验，终于接纳了我为一名光荣的中国共产党党员。

一九七三年底的一天上午，营教导员把我叫到了营部。她告诉我营党委已经研究决定，将任命我为营部的书记员（排职）职务。当天夜晚，我高兴得一夜都没能入眠。觉得老坟地这回是真的要冒青烟了……

可万万没想到，第二天一大早我就接到了老娘发来的加急电报。那电报上写着：娘已启程去京，望儿接站。

哎哟，娘要来京，怎么也不提前打声招呼？我来不及多想，急忙赶往北京站迎接老娘。在人潮涌动的站台上，我忽然寻觅到六十岁的老娘，她的身边还跟随着一位身着民族服饰的蒙古族姑娘。只见那姑娘长的人高马大，个头与我不差上下。而且还生得小眼睛，高颧骨，大嘴巴，叫人看了就觉得害怕。

我问娘："这是谁呀？"娘给我介绍："她是咱们屯你斯琴大嫂的亲妹子，在一所小学里教书，名字叫斯琴那木。"

到了连队，我安排娘与那木住一间屋。娘说她这几年挺不容易，既要参加生产队的劳动，回到家又要做饭，喂猪，还要到二百米以外的井里把水挑到屋。娘是小脚，春、夏、秋天还好办，一到了冬季就发愁，东北都是冰雪路，井沿上的冰也结有尺把厚。娘说这两年吃水多亏了那木，平时不但帮助做饭洗衣服，还帮忙种园子与喂猪……

娘还说她已经认下了这个儿媳妇，那木也称呼她妈改过了口，她们这趟来北京，就是想叫我也点个头……

我能够理解娘的心情与难处，可也不能拿我的婚姻做赌注，我批评老娘太糊涂，老娘心里还不服。说什么丑妻近地家中宝，模样俊的靠不住……娘的一番话，把我开导得哭也哭不起，笑也笑不出……

战友们听说我找了一个“老蒙古”，也都嘲笑我不值过，还说这个“老蒙古”若与我原先的红桃与乔燕、花朵相比较，差得也太多了。

几天后，我叫斯琴那木先行一步，感谢她这几年来对老娘的照顾。并给她买了一张返程票，还把她送到了进站口。

临行前，我不但给她买了好几盒子北京糕点和一身衣服，还领着她与老娘在天安门广场和王府井大街逛了一上午……

我是个孝子，从小就与娘相依为命，早已结下了深厚的母子之情。我不能眼睁睁地让老娘陷入困境。想到这里，我毅然决定放弃大好的前程，复员回乡再次与娘相依为命。

我要求复员回乡的报告很快就得到了连首长的批准。

就在我即将离开部队的一九七四年元旦，静姐突然打来电话，叫我与老娘到她们家过新年。静姐还在电话里挺神秘地告诉我，她的小妹花朵也来了。

不知怎的，听到花朵又要来京的喜讯，我并没有高兴得手舞足蹈，因为我已经复员了。也不知回去以后的命运如何，是悲是喜都很难预料……

那天上午，我牵着老娘的手，再次来到了静姐的住处。静姐高兴地把我们让进了里屋。早已等候在那儿的花朵见我与老娘来了，似乎还有些害羞。她客气地给我们让了座又倒了水后，便与我唠起了我们分别以后的工作与生活……

我们那天聊了很久，说了很多的知心话。但当她听到我为了老娘，已经决定放弃锦绣前程，复员返乡时，刚刚还泛着桃花的面容顿时就暗淡下来了……

看得出她对我做出的这个决定，果然感到非常的意外和很不舒服……

是啊！人家花朵本来就是奔着我能当上军官，留在北京才与我搞的对象，这下突然发生了这么大的变故，换作谁都难以接受。

可事已至此，木已成舟，是我对不起花朵，辜负了人家。只能走一步看一步，或许车到山前还有路……

几天后的一九七四年元月四日上午，我摘下了戴了五年的红五星与红领章正式退伍。连里派车把我们十几个退伍老兵送到了北京站。

在站台上，我与前来送行的团参谋长打了个照面。参谋长问连长为什么将即将提干的我复员回乡，连长说我为了回乡照顾老娘，这都是我的个人主张。参谋长回过头握住我与娘的手，一直目送着我们走进车厢里头。

列车启动了，我与参谋长，连长指导员他们不住地相互挥着手，不知不觉间，别有一番辛酸的滋味涌上心头……

第三篇

复员回乡的日子

第二天上午九点，我与老娘和一起复员的战友们又回到了辽河县。在等待安置工作的日子里，我们得到了一个消息。为改变农村的落后面貌，国家决定当年不给从农村入伍的复转军人安排工作。这个消息就像晴天霹雳，把我所有的梦想全部击碎。打破了我原以为能在县城安置个工作，分一套住房，再娶回花朵姑娘，还能赡养老娘的美好愿望……

我只好与老娘又重新住进了那间还不足十平方米，比猪圈大不了多少的小破房，并重新干起了"战天斗地，修理地球"的行当。我当时的肠子都悔青了。真可谓：当兵入伍整五年，一夜又回到了参军前。

早知道是如此下场，打死我也不会复员回乡。可自己酿下的苦酒还得自己尝。于是，我把回来以后没能安置工作，又回乡当农民的情况写信告诉了静姐，并表示不愿再拖累花朵姑娘……

不久，静姐就回信了。她在信中严厉地批评我不该那么冲动的自毁前程。我倘若不离开北京，与小妹的婚事也就板上钉钉。这下可倒好，尽管她做了大量的工作，说我"即使当了农民，也是个好农民”等一大堆好话。

可花朵的态度只有一句话：“他当农民了，不理想，还是算了吧。”

花朵的态度我一点都没感到意外，婚姻讲究个门当户对，人家一个拿工资，吃商品粮，又在县城工作的“县花”，凭什么往农村的火坑里跳哇？我那时已经从一名前途无量的军人沦落到脸朝黄土背朝天的农民了，就别再癞蛤蟆想吃“天鹅肉”了。这么一想，我的心自然就坦然了，也解脱了。于是，我的第三段“春梦”再一次破灭了……

那年的正月初六上午，我特意备了一份礼物，步行了好几里路，来到了一个叫花家屯的地方，去看望静姐的爹娘。

那天静姐的弟弟花树正好也在场。他看上去也就三十来岁，是个大学生，在县人事局当局长。花家人都是热心肠，特别是两位老人，竟然把我当成了乘龙快婿，硬是留我在家里住了一宿。局长为了接待我，先杀了两只鸡，又宰了一只羊，还请来了众多的亲朋好友，前来陪我捧场。我们又是吃肉，又是喝酒，整整热闹了一下晌……

那是一个夜深人静的夜晚，我被安排住进了花朵的闺房。（花朵仍在北京）久久地凝视着她那挂在墙上彩色而又亮丽的标准像，心里暗暗地在想：多好的姑娘啊！请你相信我，我一定设法爬出地垄沟，尽快地把你娶到手……

午夜，我做了一个梦。梦见我开上了大汽车，当上了一名国家职工。花朵又与我破镜重圆，回到了我的身边，并欣喜地牵着我的手，领取了红彤彤的结婚证。我激动地把花朵领回家，正想搂着吻吻她，突然“叭”的一下，我竟被怒目圆睁的花朵扇了一个大嘴巴，惊醒啦……

呵呵，原来这又是“黄粱美梦”一场哪！

我虽然只在花家待了一天零一个晚上，但给花家人留下了深刻而又完美的印象。临别时，花局长（我此时已称呼他老哥）把我送到了大路口。他语重心长地开导我：“别着急，先在农村干一阵子农活，我会尽力地为你安排工作。”

过完正月十五的第二天，我便成了一名在生产队“修理地球”的社员。每天与这儿的人们一起下地干活，一起收工回家吃饭。每天天还没亮，生产队长的哨子就吹得震天响：“起床喽，快起床喽！该下地干活喽，去晚就扣工分喽……”

那一阵阵破锣似的吆喝声，都赶上“半夜鸡叫”的周扒皮了。我只能跟着社员们摸着黑把一担担肥料深一脚浅一脚地送进大田地。

到了春天，又得挖沟修渠，种高粱玉米，还得给庄稼施肥。

夏天到了，又得一遍又一遍地给庄稼松土，铲地。

秋天是收获的季节，又得起早贪黑地到大田地里掰玉米……每天都累得腰酸背疼，直不起身体。

这还不能算完。晚饭后，累了一天的农民还要到生产队的会议室里学习文件。那时候讲究“突出政治”，各行各业都在“抓革命，促生产”。只是苦了那些农民了，他们白天干了一天的农活，晚上还得听各种报告，而且生产队长还强调七点之前必顺到。于是人们就编了一首顺口溜，叫作：七点开会八点到，九点不误听报告，开着会，睡大觉，一鼓掌，吓一跳，听了半天啥也不知道。散会后家人问起：“又开的什么会呀？”

“反正是抓革命，促生产，还是那老一套……”

不久，“四人帮”又要农民参加什么批判林彪的大会，不去就得扣一天的工分。批判会上，农民们还得挨个发言，若不发言还得扣一天的工钱。整天与坷垃头子打交道的农民平时又不读书报，懂得什么政治呀？于是他们有的干脆跑到台上胡乱地把林彪给臭骂了一顿，骂他为了抢班夺权，想杀害毛主席。

还有的骂林彪是一头秃驴，长着两道黑眉毛，一看就不是什么好东西。

也有的人不知道孔夫子是谁？竟把他当成了民国时期的孔祥熙。骂他如何给蒋介石溜虚拍马屁。

还有的农民借题发挥，竟然东拉西扯地把“水浒”里的宋江当成了宋子文，还把陈果夫当成了陈伯达，顺便又带上了蒋介石。把他们统统地给臭骂了一顿，把整个会场给弄得鸡飞狗跳，乌烟瘴气，啼笑皆非……

后来，又让学习天津宝坻的小靳庄。每天夜里不是蹦就是跳的。反正是不想叫农民们消停一会儿……

那时候的农民生活普遍都很困难。每顿饭除了咸菜大饼子，就是小葱蘸大酱，高粱米水饭。一年到头也吃不到一滴油，更见不到大米白面。

农村的小伙子找媳妇也很困难。因为村姑们都想方设法地往城里钻。她们择偶的条件普遍是：一干部，二军官，三教师，四矿山，誓死不嫁给庄稼汉。这下可苦了农村的小伙子了，结果弄的他们很多人都找不到媳妇。有些屯子的“光棍”都多得能拿鞭子赶。

人往高处走，水往低处流。这也不能怪那些村姑，农民们的生活那样苦，哪个不想攀上高枝，爬出地垄沟？

那时候的农村也没有什么娱乐，劳作了一天的我躺在小土炕上，就只能与躺在炕头的老娘一起听听我从部队复员时买回来的那个小半导体收音机了。

开始几天，从收音机里播放的新闻、红歌与样板戏都把老娘给弄糊涂了。

有一天，从没见过收音机的老娘很好奇地问我："晓俊哪，你的那个小匣子咋就那么神奇呢，它不但国家大事全知道，还会唱戏唱歌，你说那里面的小人们都吃什么，喝什么呀？难道他们都不饿吗？他们那么多人挤在里面能住得下吗？"

"哈哈哈……"老娘的问话也太搞笑啦，逗得我眼泪都流出来了……

"那就叫他们下来几个住进咱家，你看行吗？"我不失时机地与老娘逗趣着。

"真的吗，我当然乐意了。可咱们家这样穷，屋子又这么小，他们若再下来几个人能住得下吗？咱们家的口粮也不够他们吃的呀……"

"我们可以向生产队申请救济粮呀。"

我继续挑逗着她老人家，看来老娘还竟把我的逗趣当真了……

那儿的人们对我都挺好。他们见我不会干大田地里的活，就手把手地教我如何铲地，如何选苗。铲地时都是每人一根垅，大伙见我铲得慢，先干完的总是又往回接我……

那时候实行唱“红歌”，每当干活歇气（休息）时，我都要轻唱几首。或者教大伙跳“忠字舞”。

我有时也唱上一段我们安徽的“黄梅戏”，和再讲几段笑话，逗得大伙都直乐。

后来生产队长就干脆不叫我干活，只要每天给社员们逗逗闷子唱唱歌，工分挣的比别人还要多……

就在我的人生处在最低谷时，那位斯琴那木姑娘确能找准时机，前来“救驾”了。她那天说是来看望老娘的，还给我们带来了五斤荞麦面。

娘见那木又“送上门”了，便又乐了。她再次眉开眼笑地开导我：“晓俊呀，咱现在都这样了，落水的凤凰不如鸡呀。你就答应与那个木，木头，噢，那木姑娘成亲吧。人家在学校教书，每年都能挣回三千工分哪。你看人家身体棒棒的，多招人稀罕呀，那可是块能生儿育女，多子多福的好地啊……”

那天夜晚，老娘终于想出了一种能把生米做成熟饭的“绝招”。晚饭后，她叫我先陪那木说一会儿话，她要出去一下。结果她出去时便悄悄地给外屋门上了锁，然后就到上屋二嫂家找宿去了。结果弄得我想出又出不去，想叫又不好意思叫。只得又回到那铺小坑上干坐着……

那木姑娘见我老是在那儿愁眉苦脸地干坐着，便很温存地劝我脱衣服睡觉。还说我若不喜欢她，她也不会勉强我……

我也向那木直言相告：“我若不爬出地垄沟，绝不在农村找老婆，希望你能理解我……”

那木长长地叹了一口气，然后颤抖着声音告诉我：“小马哥，我也知道你不喜欢我。可我看到你落魄了，心里就特别的难过。你今后也别不理我，就让我做你的妹妹得了……”

那木姑娘一番掏心窝子的话，说得我心里好感动。接下来，我睡炕头，她睡炕梢，我们俩和衣而眠，一直睡到了第二天的大清早……

夏天到了，平时与我关系不错的生产队长给我派了个好活。他给我发了一把镰刀，叫我看青（就是别叫牲畜糟蹋庄稼，看管地里的秧苗）。这下我终于又有时间写作了。一有空闲我就坐在地头，沟帮上写起了诗歌、散文与小说。并把这些作品陆续投给了《吉林日报》。没想到居然有几篇被《吉林日报》刊登了。这下我的名声又出去了。

一九七四年秋季招生时，《吉林大学》中文系特意戴帽给了我一个名额。可那时候招的是“工农兵大学生”，国家规定必顺得先由生产队贫下中农推荐，再由各级革委会把关，层层审批后才能上大学。

这样一来，可给那些心术不正的腐败分子们提供机会了。男青年若想上大学（或招工进城）光生产队的贫下中农推荐上来还不能算数，还得层层被剥削（到生产大队、公社、县领导那儿上供）。有点姿色的女青年若是被哪位“色鬼”看中了，那还得两眼一闭把裤子脱……不然，就别想招工进城上大学……

很遗憾，那一年推荐上来的工农兵大学生里并没有我。原因是我所在生产队的“贫下中农”有很多人都是“三进宫”的小偷小摸。我平时与那些人都划清了界限，可到了关键时刻，他们就串通起来不推荐我。

转眼又到了下一年招生的时间，那是一九七五年的夏天。那一年我终于在生产队贫下中农那里得到了推荐。而且生产大队也没有刁难。可等报到公社革委会那里却又遇到了麻烦。原来与我一起报上来的还有几位女知识青年。碰巧公社招生办的主任是个“色鬼”，两只色眯眯的眼睛总是在几个女知青的身上打转转，根本顾不上瞟我一眼……

一个月后的立秋那天，命运再次向我发出了挑战。长春电影制片厂面向全省招收编剧人员。我报名参加了应聘考试，结果在两百多名考生中居然考了个全省第二名，中了个“榜眼”。可就在长影通知我已被录用，叫我前去报到的前一天，我的名额又突然被省革委会一位头头的子女给霸占。要不然，我如今也早已成了知名的编导人员……

一九七五年立秋那天，我考长影编导时，中了个“榜眼”。（左为本人）

我也知道，像我这样被顶替调包的事件在当今的社会也屡见不鲜了。现如今不论办啥事，不都得找关系吗？不就是大鱼吃小鱼，小鱼吃虾米，虾米吃糟泥吗？就拿我没能去上大学来说吧，谁让我没钱没势又没有那种资源的呢？没去上长影也是的，人家那么大的官，我一个草民，又怎能斗得过，争得过人家呢？想到这些，我的心豁然开朗，又一次释然了……

十多天后，就在我无比苦恼，万分绝望的时候，命运再一次向我伸出了橄榄枝。那是一九七五年九月的一天，生产队的老赵头（兼任小学校长）向我透露了一个天大的好消息。他通知我县里下来了一名招干指标，指名道姓地给了我，叫我第二天上午就去公社填表。

我当时还丈二的和尚摸不到头脑，心里想会不会是又搞错了呀，要不然像这种好事又怎会落到我的头上？

第二天上午，我老早就来到了公社革委会的办公室。李主任一边递给我一张表，一边歪着头问我："我说小马呀，你和花局长到底啥关系？要不这种天大的好事咋会轮上你？"

我装作不知地看了看那张表。天哪！原来是一张辽河县录用国家干部表。这可是一张能让人一步登天的无价表哇！这不是在做梦吧，我揉了揉有些湿润的眼睛，又掐了一下胳膊，急忙掏出钢笔，飞快地在表格上填写着……

在回去的路上，我不住地向上天祈祷：老天爷呀，保佑我这回千万别再叫那些乌龟王八蛋给顶替了……

还好，天无绝人之路。几天后，我便接到了通知：要我到县革委会三楼人事局报到……

一九七五年九月二十日，我终于从农村的地垄沟里爬出来了，来到了县革委会的大楼门口。只见楼门口悬挂着的大牌子上写着：辽河县革命委员会。我拾级而上，爬到了三楼，这里便是人事局的办公楼。

那天是我的老哥、花局长亲自接待的我。他热情地把我让进局长室坐下后，便语重心长地告诉我：“这些都是花朵的功劳。是她欣赏你，说你非常优秀，是个干大事的料，所以才出此上策。一年多来，我经过不懈的努力，打通了好多关系，才给你弄了个转干指标……”

老哥又把我领到了畜牧局，要畜牧局长多加关照我。局长让我分管全县的养猪工作，并嘱咐我好好地干工作，在一年内改变全县养猪的落后面貌……那时候全县有三十二万口人，养了二十万头猪，我一下子成了管理它们的猪司令了……

几天后的一个下午，老哥安排我去他家见花朵。这已经是与花朵第二回相亲了。那天，房间里只有我们两个，一年多未曾谋面，花朵似乎更俊俏了。进屋坐下后，我心里紧张得怦怦直跳，也不知说什么才好，在那儿总是一个劲地按水喝。

花朵见我坐在那儿老闷着，便首先开口打破了沉默。她不好意思地告诉我：“对不起，晓俊哥。我知道我们家为了能成全我们两个，费了好大的劲才给你弄成了工作。可我却辜负了他们，就在今年初又处上了一个，他也是咱们同学，现在长春上技校。这件事一直因为家人只认准了你才没敢跟他们说。希望你也能原谅我……”

唉，真是阴差阳错不该着。这朵娇艳无比的鲜花到底还是被别人采去了。听了花朵的表白，我刚刚燃起的一点火苗又破灭了。我知道，这回是雪地里脱光腚——彻底凉快了……

我终于一步登天了。再也不用过那种脸朝黄土背朝天的苦日子了。也不用担心什么贫下中农推不推荐，被什么高官子女顶替了。原来瞧不起我的那些小人们，也顿时对我眉开眼笑了。真可谓世态炎凉，变化无常啊！

一时间，前来为我提亲的，为我家送粮送柴的，帮助起粪种园子的，还有要帮忙翻盖房子的人们几乎每天都挤满了我的小破屋……

特别是那些提亲的对象，基本上都是些条件不错的女孩。她们中间有大队妇女主任，共青团书记，银行的会计，还有一位是县革委会副主任的千金……

有的人家表示：只要我肯点头同意娶他们家闺女，立马就把我们家的小破屋推倒倒贴钱盖新的。

那位县里领导让老哥带话给我：只要我肯做他的乘龙快婿，很快就能把我官升副局。只可惜他那女儿长得五短身材，还是个没长头发的秃闺女。就算是把他头上的那顶乌纱帽摘掉给我，我也不愿意……

我那时对“相亲”这种事都有些惧怕了。因为事不过三，我都“黄”过三个了，还都是人家抛弃的我。虽然都经历过三个了，可我连女人的身上是啥味都没“闻”到，还是个没“破身”的童男子哩。就有一个那木姑娘上赶着吧，可我对她还没有感觉。受到过多次伤害的我苦恼极了。所以也就把那些前来提亲的统统都给拒绝了。

可这样一来，老娘又不干了。她整天嚷嚷着叫我还是赶紧娶一个吧，她还在那儿拉住架子，等着抱孙子呢……

别看我只是个“猪司令”，可权力还是满大的。那是个物资紧缺、食品匮乏的年代，国家实行的是计划经济。人们无论是生活用品，还是食品供应，实行的一律都是配给制。购买粮油，肉类光花钱还不行，还得要粮票、油票、肉票。日常用品也是如此。一时间还有什么糖票、烟票、酒票、布票、袜子票、鞋票、满天飞，就连买点线和肥皂那样的小商品，也都得要票。不然你就别想买到。

记得有一位县革委会的女副主任，家里来了客人，她挎着个篮子想买点菜，可在大街上转悠了三圈，硬是没买到。最后还是我跑到家里的菜园子帮她解决了……

因为那时候市场还没有开放。农民们即使想到城里卖点菜，都得偷偷摸摸。不然，要是被执法人员逮住，就说你是在搞资本主义，破坏计划经济。轻者没收、罚款，重者还得批斗你……

这样一来，我手里的权力就大多了。因为食品公司要杀猪，都得经过我批条，我让他们杀一百头，他们都不敢多杀一个。而且为了贿赂我，每个月还多给了我几十斤肉票。

那时候的城镇居民，每人每月才发给半斤肉票，也就只够开一顿荤的。于是好多人都想巴结我，甚至托熟人找到我，为的就是从我手里多弄几斤肉票……

那是一个星期六的傍晚，我正要准备下班。忽然一个熟悉的身影映入了我的眼帘。我定眼一看，原来是红桃来到了我的面前。不知怎的，我再次见到她，总觉得心里不太自然。一晃又是几年没见，她的模样依然没变。我连忙给她让了座，并问她找我有何贵干？

红桃对我从部队退伍感到很意外，在她的潜意识里，我早就应该成为军官。她问我为啥不在部队好好干，怎么退伍回来当了个猪官？她还责怪我为啥回来那么久没去与她见个面？不然她也不会看着我在农村遭了那么多的难，早就给我弄好了“铁饭碗”。

哎呀！我哪里知道红桃的关系能“通天”呀，原来他的公公已经官至副专员。看来，还是同桌的红桃惦记着我呀！我明显地感觉到她那与我谈话时的语气与看我的眼神，无不充满了柔情与温暖……

红桃还告诉我，她就职于县革委会的知青办，男朋友还是那个追了她多年的小白脸。只是那小子是个公子哥，对他一直没感觉，正好我又回来了，很想与那人分手，再与我复合。

我连忙摆了几下手，叫她还是别开这种玩笑，我可得罪不起那位副专员，更不想打碎这个好不容易才得到的铁饭碗。

并开导她：“人家把你从农村的集体户给弄到了知青办，多大的情分呀！你即便是做出了牺牲也理所当然……”

红桃沉思了一会儿，才无可奈何地说：“那好吧，这回人家催得急，下个星期就得举行婚礼。我想请你与同学们一起去参加我的婚礼，还想让你当我婚礼上的司仪……”

直到临别时，红桃才有些不好意思地告诉我，由于参加婚礼的人很多，有些荤菜还没有凑齐。

嗯，我一下子明白了红桃来看我的另一个目的。于是我连忙从抽屉里取出了五十斤肉票，赶忙装进了她的挎包里。

红桃的婚礼如期举行，那天是由我担当的司仪，前来参加婚礼的嘉宾是有二三百人。

一阵清脆的鞭炮声过后，我让新郎新娘来到了台上。在《东方红》的乐曲声中，我又让二位新人首先给伟大领袖毛主席像鞠了三个躬，算是拜了天地。又给双方父母三鞠躬，算是拜了高堂。夫妻对拜后，我又按照婚礼程序，叫他们谈了恋爱经历……

这时候我才看清楚那小子足有一米七八的个头，长得白白净净，鼻直小口，眉清目秀，的确挺帅气，都快赶上西湖断桥上的那个“许仙”了。

不过那小子到挺坦诚，他在向众人介绍恋爱过程时埋怨红桃太矜持，与她都恋爱五年了，至今连嘴都没让亲，身子都没让摸一下呢。他还说：“这一回可好啦，终于盼到这一天了，马上就可以那个啦……”

婚礼在雄壮的《大海航行靠舵手》的乐曲声中结束了……、

目送着那小子牵着桃子的小手，嘚嘚瑟瑟地入了洞房，我的心里一阵子刺疼，就像是被那小子插了一把尖刀一样。因为红桃毕竟与我相爱了一场，本该是我的新娘，如今却入了别人的洞房。可我还得强忍住悲伤，装作像没事人一样……

我那时的工作很忙碌。除了要定期印《养猪动态》还要经常到下边开养猪经验现场会，解决各种各样的问题。除这些之外，县革委会还时常抓我的公差，不是叫我下到各个公社搞调研，就是安排我到省里，地区应付各种会议……

一九七六年三月的一天，我好不容易才有了一个休息日回了趟家。刚要进门，一个端着一大盆衣服的小姑娘与我撞了个满怀。那姑娘生得一副娃娃脸，留着两条又黑又粗的长辫子，看上去也只有十七八岁。

我一下子愣住了。问她："小姑娘，你是哪家的？"

娃娃脸甜甜地管我叫了一声："马叔，你忘啦，我是你同事老梅家的大姑娘梅花呀！你大前天还去过我家找我爸呢。"

"嗯，你原来就是梅科长家的梅花呀，快屋里坐吧"。

梅花很麻利地晾完了一大盆衣服后就回到屋里。她先给我倒了一杯水，而后才有点拘束似的端坐在我的面前。

我一边与梅花聊着家常，一边端详着这位还未满十八岁的美丽少女：她的脸盘是圆圆的，肌肤是白里透红的，淡淡的琥珀色眸子清澈无比，挺直的鼻子下面是如樱花一样的粉嫩嘴唇，微微翘起时，双颊会露出两个酒窝，虽然不深，却叫人印象深刻。

她初次看我时的表情，有点儿羞答答，娇滴滴的，心中似乎藏着什么秘密，就在她起身去为我生火做饭的工夫，我注意到她的身高大约有一点六五米，两条长辫子垂在那微微翘起的臀部上，还一摆一摆的。

哦，这倒是一位要身段有身段，要长相有长相，甜美可人的姑娘啊！

就在这时，老娘串门回来了。她一见到我们，高兴得嘴都合不拢了，跟我滔滔不绝地夸起了梅花："晓俊呀，你这几个月很少回家，咱家里都多亏了这闺女呀！她总来咱家帮助干这干那，可勤快啦。"老娘边夸着梅花，边抚摸着她，继续念叨着："瞧这闺女，长得多俊俏啊……"

梅花立马懂事地拉着老娘的手，甜甜地喊了一声："大姨，我看你老也没个闺女，我以后就认你做妈，给你当闺女吧，你老看行不？”

老娘激动得流下了眼泪，连忙问：“闺女，大姨先谢谢你啦！这是真的吗？”

“是真的，大姨，你老若不相信，我现在就改口叫你妈。妈……”梅花还真的，充满激情地，当场就管老娘叫了一声妈……

打那以后，梅花来我家的次数就更频啦。她那时在县评剧团学唱戏，几乎每个星期天都要来我家。她心灵手巧，不但会烧菜、煮饭，还会收拾家务，做针线活。有一回，她竟然还给我做了一双布鞋，我穿上后还正好合脚。除此以外，她还为小炕更新了被褥与枕头。把个小破屋打理得干干净净，井井有条。有一天，梅花不知道从哪儿搞来了两盆月季花摆在了窗台上，小屋顿时就充满了温馨与阵阵花香……

此时，我对梅花的好感也在与日俱增，我们之间的感情也在这间温馨的小屋里不断地升根，发芽，成长，开花……

当上全县“猪司令”的我正与梅花热恋

自打老娘认下梅花做闺女后，梅花就不再管我叫马叔了，已经自动升了一级，称呼我俊哥哥。

一九七六年六月六日，这一天是我与梅花私订终身的日子。那天的天气格外的晴朗，又正逢五月节。梅花从城里弄来了一堆好吃的，摆了满满的一小炕桌。她趁老娘不在的工夫，终于嗫嚅着把藏在心中的秘密向我吐露……

原来我到局里上班后，曾因工作关系几次去过她家找她爸。她爸有意无意地总当着全家人将我夸。仅见过我几回面的梅花就对我产生好感了。情窦初开的她便认准我就是她要找的那位王子小俊马。所以就隔三差五地来到我家……

那天，梅花很婉转地对我进行了试探："我既然都已经给咱妈当闺女了，以后就在家伺候她老人家，不再嫁人啦……"说完这句话，她羞涩地将头低下，不时地扑闪着一对大眼睛，调皮地观察我的表情与等待着我的回答……

噢，她的心思我明白了，没想到小小年纪的她，还挺有心计的呀！我忧虑了一阵子，无不担心地问她："可你还那么小，你的爸妈会同意吗？"

梅花想了想，悄悄地靠近了我的身旁，并贴着我的耳朵说出了她的想法："……你咋就那么死心眼呀！咱不能偷偷地先处着吗，暂时不告诉他们不就得啦……"

呵呵……这个小机灵鬼，可真够足智多谋的呀！我被梅花的想法逗乐了，忽然向她伸出了双臂，梅花顺势就倒在我的怀里啦……

那天中午，窗台上的两盆月季花开得格外红火，怒放。我打开一瓶已经珍藏三年多的"北京二锅头"，娘儿三个围着一小炕桌酒菜，吃着香甜可口的粽子，过了一个既温馨又非常祥和的五月节。从这天开始，我又拥有了女朋友……

梅花家里有六口人，上面有爸爸、妈妈，下边除有一个双胞胎妹妹以外，还有两个弟妹。最小的老妹子那年才四岁，还得着人看着呢。她由于弟妹多，又是老大，所以她在家中是里里外外一把手，几乎所有的活儿全指望她。她不但知书达理，善解人意，而且还特别会心疼人。她每个月的那点工资除掉交给家里后就所剩无几。但她平时省吃俭用，总是用节省下来的那点钱，今天为我添一件衣服，明天又为我添一双鞋袜。还经常买一些小零食，自己都不舍得吃，总是悄悄地放进我的衣兜里……还说她也不知道是咋的了，自从与我“订婚”后，心里每天都甜蜜蜜，老想给我买东西……

我也投桃报李，趁着她过生日，居然花了一个月的工资，为心爱的人儿买了一款“红灯”牌袖珍式的收音机。

那时候让江青搞的也没啥娱乐活动，电影院除了放映《地道战》、《地雷战》，就是《南征北战》。剧院里除掉江青搞的《红灯记》等八个样板戏，也没有别的。偶尔上映个朝鲜电影《卖花姑娘》什么的，买票的人都得排长队。为了能与梅花在一起看场电影，我经常天不亮就去电影院的售票窗口排队。

我们最常去的地方，是屯子北边的杨树林里。那里距屯子大约三里地，旁边就是西辽河，我们常在河里游泳、捉鱼、嬉戏……

梅花有一辆“白山”牌的自行车，每次都是骑着它与我约会。她见我还不会骑，就手把手地将我教会。后来每到星期天，我就用那辆自行车驮着梅花到野外采风去……

我们一有机会就来到辽河畔的杨树林，常常在那儿朗诵毛主席诗词，或者清唱几段革命样板戏。我唱李玉和，她唱李铁梅。她若唱阿庆嫂，我就唱胡传魁，梅花有时还给我唱上一段评剧《花为媒》。

在那个特殊的年代，我们的恋爱生活倒也非常的浪漫，十分的有趣……

女孩子的心里一旦有了秘密，那是藏不住的。不久，梅花的妈妈就看出了女儿一些很不正常的生活规律。比如经常的早去晚归，有时候还夜不归宿……

梅花在妈妈的“逼供”下，只好把与我处对象的秘密“供”了出去。出乎意料的是：梅花妈不但没阻止，反而很支持。她还有些半信半疑地问女儿：“……那个叫马晓俊的那么优秀，他咋会相中你？会不会是在耍你哩……”

“妈，不会，真的不会。是我先追的晓俊哥，他才不像你说的那样龌龊呢。”梅花不失时机地为我美言着……

“那好吧，这个星期天就让小马来咱们家，我倒要当面与他唠唠……”

两天后，我买了一箱“辽河原浆”酒和五斤猪肉，正式登上了梅花的家门。与梅花的家人吃了一顿午饭，并通过了她妈妈的“审查”后，总算得到了她家人的“首肯”与默认。这样一来，梅花便可以光明正大地与我处对象了，再也不用掖着藏着了。

自打梅花的家人同意了我们的恋情之后，她的胆子就更加“有恃无恐”了，到我家的次数也就更频繁了。有时就干脆住在我家，直接从我家去上下班了。她妈妈也就睁一只眼闭一只眼了……

一九七六年九月的一天夜晚，外面不时地雷鸣电闪。就在我拿起雨伞又要出去找宿时，梅花突然从后边抱住我，并有些羞答答地央求我留下来陪她。她既温存又撒娇地喊了我一声：“俊哥哥，外面还下着大雨呢，你今晚就别出去找宿了，求你留下来陪我吧。你走了，留下我一个人也害怕呀……”（梅花每回住我家，都是老娘住上屋二嫂家，我出去找宿。）

哦……我打量着她那羞涩、温柔、调皮、期盼的眼神，一股暖流瞬间涌遍了全身。我慢腾腾地脱下了外套，很不好意思地钻进了她为我铺好的被窝。但为了互不“侵犯”，我又在她与我的枕头之间加了一床被褥。

那天夜晚，我们只是听听收音机，悄悄地说着情话而已，并没有什么过激的行为……那时的我就是那么老实。不知道的还以为是我的生理出了问题……

第二天清晨起床时，梅花调皮地骑到我身上，用怀疑而又愠怒的眼光审视我：“你是怎么了，咋就不想与我那个？你如果生理有问题就趁早说，可千万不能坑害我。”

我告诉她：“你就放心吧，我身体好着呢，压抑得一夜都没睡着，总觉得时候还没到，这事儿还是等到咱们新婚之夜吧……”

“哦……”梅花转而又深情地蹭了蹭我的脸，像是责怪又像是钦佩地啃着我的鼻子说：“你呀你，可真傻呀，你咋就那么傻呢……”

一九七六年九月九日，伟大的领袖与导师毛主席去世。

我被县委抽去布置了两天的灵堂。开过追悼大会以后，又下到几个公社调查了发展养猪的情况，整天忙得连吃饭都顾不上。特别是一到晚上躺在了床上，梅花的影子就总是在我脑海里摇晃……

十多天后，我终于搞完了调查，又回到了我的小破房。老娘见我回来了，急忙向我“反映”了梅花的情况。她说梅花每天夜里都在等我回来不肯睡觉，直到天快亮了才上炕。还给我留下了书信好几张：噢，我连忙从小书桌上拿起了梅花留下的信件，那一串串火辣辣的语言，顿时映入了我的眼帘：……

“亲爱的，你在哪里？孤独寂寞的我好想你。”

“我是小袋鼠，你是大袋鼠，我愿总是偎依在你的怀抱里。粘着你，缠着你，需要你，今生今世爱着你。”

“我愿为你画地为牢，等到我在牢里慢慢地变老，我还会给你看我幸福的微笑，还会为你守候着不变的心跳。”

“真希望每一个晨昏都能与你在一起。你不在的这些日子里，我几乎每个夜晚都能梦见你，是那么的缠绵，入醉。”

“亲爱的我爱你，嘴巴想吻你，眼睛想看你，双手想抱你，心里总是想你，梦里和你在一起……”

一九七六年国庆节，老娘到省城长春开劳模会去了。梅花一大早就来到了我家，那天也正赶上我放假。

她刚一进屋就调皮地吻了一下我的额头，并冲我伸了一下舌头，又扮了个鬼脸，说是待会儿就能叫我当上“新郎官”。

她麻利地从挎包里掏出了两根红蜡烛和一件红嫁衣，说是要与我“拜天地”。我当她是闹着玩的呢，也没怎么在意。没想到她点燃了红蜡烛，又穿上了红嫁衣，就真的要与我拜天地。

我被她弄得哭笑不得，只得半推半就地配合她“演戏”。

我们首先跪拜了天地（毛主席画像），又跪拜了高堂（老娘的相框），就在我们跪在小土炕上“夫妻”对拜时，梅花突然抱住了我这个“新郎”，并把那樱桃似的小嘴送到我的嘴旁，非得叫我吻吻她这个“新娘”……

我们躺在了小土炕上，一边翻云覆雨地嬉戏着，一边甜蜜地初吻着对方。那种前所未有的幸福感觉，就像是三伏天里吃到了凉西瓜一样，从嗓子眼一下子爽到了后脊梁……

“新婚之夜”，我们喝了两盅“交杯酒”，然后就“顺理成章”地入了“洞房”……

所谓的“洞房”，只是梅花在小炕上铺了两床被褥，我睡炕梢，她睡炕头。我们刚躺下不久，梅花就像一条“美人鱼”似的从她的被窝里游出来，又悄悄地钻进了我的被窝。她一边与我撒着娇，一边使劲地胳肢我，逗得我俩都止不住地咯咯直笑。那充满了幸福而又陶醉的笑声，在温馨的小破屋里久久的回荡着……

我顺势摸了一把“美人鱼”那光滑而又细腻的肌肤，顿时就有一种“触电”的感觉，整个人瞬间就被“击溃”了……

午夜，当我从美梦中睁开蒙眬的双眼时，顿时被眼前的一幕吓了一跳，原来是梅花不知何时坐起来了，在烛光下正目不转睛，贪婪而又温柔地端详着我。

我问她怎么还不睡呀？

她回答我“新婚之夜”一刻值千金，我激动得睡不着，生怕时间偷偷地溜掉……

“这个疯丫头呀！咋就那么痴情呢……”

我一阵子感动，伸出胳膊，又重新把她拥进了怀抱……

在那个秋风习习、月儿时稳时现的夜晚，我们在窗台上那两盆沁人心脾月季花的见证下，同炕共枕，将爱情之河一泻千里，并将各自最珍贵的童贞献给了彼此……

在接下来的日子里，那间破旧的小屋，每天都装满了欢声和笑语，幸福与甜蜜……

我欣喜地觉得这回总算是裤裆里抓小鸡，来了个手拿把攥的。已经与梅花生米煮成了熟饭，不会再有问题出现……

几天后的一九七六年十月六日，以英明领袖华国锋为首的党中央，一举粉碎了祸国殃民的“四人帮”。那几天，成群结队的人们走上大街，热烈欢呼着第二次得到的解放！大街小巷还到处张贴着标语：坚决拥护以华主席为首的党中央！

粉碎了“四人帮”之后，我的工作就更加繁忙。天天不是“纠左”，批判王、张、江、姚，就得下乡，狠抓我那发展养猪事业的老本行……

转眼之间，我到畜牧局抓养猪工作已经过去了一年。我的那些部下，也有了发展与“壮大”，“兵源”已由原先的二十万扩充到了三十二万三千。全县实现了一人一猪的养猪大县……我这个“猪司令”也被评选为全县的劳动模范。

那一年的冬天来得特别早，才刚到十月中旬，好多人家还没来得及储存过冬的蔬菜呢？就已经是北风怒吼，雪地冰天了。家住农村的我，近水楼台先得月。不但提前把自家的蔬菜储备了，还给梅花家装满了一菜窖。把梅花妈高兴地逢人便说："……瞧我们家的小马多能耐呀，这还没娶我家梅花呢，我们就开始借光啦……"

打那以后，她干脆就"慷慨"地让梅花住进了我家。还说闺女都是给别人家养的，早晚都得离开爸妈。这走了梅花，家里边还有仨……

我那时工作学习都很忙，每天都要开会，加班到晚上九点多钟才能回家。我知道"新娘"梅花还在家里等我哪，所以哪怕是再晚再冷我都要赶回家。县城距我家八里地，我每回都是顶风冒雪地赶回去……

我们那时好得如漆似胶。梅花每天晚上做好饭菜后，就静静地坐在小炕上等着我，每当听到小院里传来我那咔吱咔吱的踏雪声时，她就飞快地跳下小炕，打开房门迎接我这个俊哥哥。

她一边为我拍打着身上的雪花，一边从锅里把热乎乎的饭菜端到小炕桌，还斟满一小杯白酒叫我喝。细心的她还经常解开衣襟为我焐脚……酒足饭饱后，我直接就钻进了她为我焐好的热被窝……

那是一段最美好，最浪漫，最温馨，最难以忘怀的幸福生活……

一九七七年四月的一天，梅花妈的间歇性精神病再次重犯。她只得陪伴着妈妈去长春住院。两个星期后，我收到了梅花的信函。信的内容是："我亲爱的俊哥哥：最近还好吗？心里想我吗？告诉你一个非常不好的消息……"

原来她们到长春后先住到了表姐家。不明真相的表姐看到表妹长得那么漂亮，就要为她介绍对象。男方是一位年轻的军官，父亲是吉林省军区的副司令员。他仅见过梅花一面，就开始对她死磨硬缠，并夸下海口：只要梅花肯与他结婚，就能立马将她全家迁到长春……

在当时，像这样的条件是很有杀伤力的。梅花妈连寻思都没寻思就答应了。梅花苦苦哀求也没有用，还引来了她妈妈的震怒。说什么早知道有这种美事，哪里还能轮到小马那个穷职工。更糟糕的是，她妈还正患着精神分裂症，若不依着她，病情立刻就会加重……在信的结尾，梅花还着急地向我讨主意，问我咋整？

我也震怒了。第一个女友红桃就是被当官的儿子夺走的，怎么这回又来了一个打劫的？而且还是一位副司令员的公子。

呸！这回就算他是国家主席的儿子与我争，我也不会答应。于是我立马就给梅花写了回信，让她坚守住我们的“阵地”，一定要与她妈抗争到底，千万别被“敌人”夺去。

几天后，我又收到了梅花的电报。电报中说她妈妈喝了半瓶子农药，正在医院抢救呢。还叫我也过去瞧瞧……

我急忙向火车站奔去，乘上一趟列车，当天下午就到达了长春。

在病房里，已经被抢救过来的梅花妈看到了我就像见到了“阶级敌人”似的。她瞪着血红的鱼泡眼睛，咬牙切齿地告诉我：“……梅花现在已经有了新的归宿，你必须得离开她，不然我就死在这里啦……”

我还能奢望什么呢？总不能为了一个梅花，要了她妈妈的命吧。谁叫我没有一个当大官的父亲呢？看来我已经坚守了一年多的“阵地”，又要被“敌人”夺去，与梅花的缘分又要告吹。一想到这些，我的心里就像油煎火燎似的……

为了不让梅花在中间再受难为，我最终还是无奈地选择了放弃。于是，我当场向她妈保证：“阿姨，你放心，我今后就算打‘光棍’，也不会再找你的花儿！”说完了这句话，我逃也似的从病房里跑了出去……

梅花见我跑出去了，也紧跟着追了出去。我们在大街上漫无方向地逛来逛去。我劝她那个人若能给她真正的幸福，就让她顺其自然，不要再为我伤心，为我流泪，我尊重她的选择……

她流着眼泪告诉我：“我妈那个样子，弄得我也没有了主意。那边得顾及我妈，这边又割舍不掉你，命运的确给我出了个大难题……”

我劝她好自为之，赶快回病房照看她妈。然后又连夜赶了回去……

本以为从此与梅花又“凉快”了，没想到十多天后的一个星期天下午，梅花又来到了我的小屋。她惊慌失措地告诉我：“我的俊哥哥，这下可麻烦了，我的大姨妈都好久没来了，今天上午到医院一检查，医生讲我都已经怀孕四十多天了……”

我半信半疑地问梅花：“咱们每回不是都倍加小心吗，怎会怀孕呢，医生会不会搞错呀？”

梅花从兜里掏出化验单递给了我。

天哪！那化验单上分明写着两个 + 号，看得我额头的汗珠直往外冒……

梅花惊恐地问我："这可咋办……"

事发突然，弄得我也六神无主，在那儿寻思了半天。才无可奈何地告诉她："还能咋办，你妈那样难缠，看来我们只能去医院做流产……"

"你说啥，做流产？你咋就那么狠心呀！我才不呢……"

"可你妈她……"

"我也管不了那么多了，反正我得把咱们的孩子生下来。到那时生米煮成了熟饭，我看她还能咋办……"

我感动得鼻子发酸，突然搂紧了梅花，语无伦次地告诉她："你真好……其实我也很想当爸爸……咱妈她……早就等不及啦……"

梅花用她那泛着红晕的脸蛋一边蹭着我的脸颊，一边向我撒着娇："到那时你可得好好地疼我们娘儿俩呀！"

"那当然啦！我保证把工资全部上交，剩菜剩饭全部包了，家务活全干，你的指示全部照办，你只管享福当大奶……"

"啥，你还打算找二奶……"

"报告娘子，相公不敢……"

梅花被我逗得扑哧一声笑出声来。她拧着我的鼻子说：这些可都是你说的，你可真会哄人……"

那天晚上，我一边与梅花商量着得赶紧做通她妈的工作，尽快地把婚结了，一边搂着梅花，美美地睡了一觉。

可好景不长，几天后的一个清晨，正当我们做着即将当上爸妈的美梦呢，梅花的那个疯妈却拿着一根木棍，摸进了我的家门，来到了我们的身边。还在梦中的我们顿时就被她掀开被子，打得抱头鼠窜……

“阿姨，你别这样，梅花她怀着身孕呢……”

“什么，你还把她给弄得怀了身孕？”

梅花妈瞪着血红的眼睛，举起了棍棒又对准了我的脑门……

梅花急忙用身体护住了我的上身……

“哎哟……”随着梅花的一声惨叫，她的腰部顿时又挨了两棍。

我急忙推开了梅花，光着上身跳下了小炕，制服了疯婆子，夺下了木棍。

这时我才发现梅花的内裤浸满了鲜血，染红了下半身。

就在此时，在上屋借宿的老娘与二哥二嫂听到了响动，也赶了过来。

“还不快把花儿送去医院，她这是小产……”

老娘低声地吩咐着。

“啊……”我愣了一下，急忙穿上衣服，背起了梅花……

“我那可怜的孙子啊……”

老娘一边哭喊着朝思暮想的孙子，一边扯住疯婆子的衣领，要与她拼了老命。幸亏二哥二嫂拉开了她们两个，梅花的妈妈才乘机逃脱……

我把梅花背到了大队卫生所，赤脚医生为她清理了子宫。为了不再刺激她妈，我又找了一辆平板车，把梅花送回了家。

几天后，畜牧局的丁书记把我叫到了办公室，说梅花的妈妈已闹到了局里，要求领导严肃处理我。原因是我勾引她家的女儿，将其弄大了肚子，造成了流产的后果……

我的个妈呀！这疯婆子还倒打了一耙……

我把事情的经过向丁书记作了汇报……

不料丁书记还是很严厉地批评了我。

他说：“你是一名国家干部，不应该在谈恋爱期间就提前‘点火’，还把人家给弄怀孕了。不过这种事是私不举，官不究，既然人家找上了门，我们也不能熟视无睹……”

结果，我被局里罢免了“猪司令”职务，发配到建设公社畜牧兽医站干起了劁猪骟马的活。

可我又不是兽医出身，哪里会干那个呀。于是我只得帮忙捆马逮猪，给兽医们当助手，有一回不小心还被一头小猪咬了一口。

唉……我当时可让那个疯婆子给坑苦了……

一个多月后的一天，我收到了梅花的信件。信的内容是这样的：亲爱的，你还好吗？

都是我不好，让你遭罪了。这些天我曾偷偷地去过你们兽医站，每当我看到你在那儿给马灌药，给猪骟蛋，心里就像是被针扎了一般……

可这些都是我给你带来的麻烦，你的处境我又无法改变……我知道你的心里很苦，其实我的心里比你更苦。这些天在上下班的路上，我总是东张西望，好希望能在川流不息的人群里能与你遇上，可一次又一次地让我失望。朦胧间也发现过酷似你的身影与模样，可等我瞪大了眼睛，再仔细观望时，结果又是空欢喜一场。我明明知道你不会再来找我，可我还是有那样的渴望……”

“一个女孩子，对她一生的初恋，到死都不会遗忘。更何况你不仅是我的初恋，还是与我拜过堂的‘新郎’。这种刻骨铭心的爱情，我怎能说忘就忘？”

梅花还在信的结尾约我再见一面。时间是六月六日下晌，地点还是老地方……

一九七七年的六月六日下晌，我如约来到了风景如画的老地方。这个季节的杨树林已经吐出了嫩叶，辽河的水也翻滚着白浪。

不大会儿，梅花骑着那辆“白山”牌自行车，最后一次来到了我的身旁。我们像往常一样，仍席地而坐在杨树林旁边的河畔上。她一边为我削着苹果，一边向我诉说着衷肠：她说上些日子在长春时，曾见过那个追求她的小连长。那人长得并不怎么样，她对那人既没有感觉，又没有思想。可她的妈妈还是认准了那个小连长。

梅花为了回绝那个小连长，甚至还告诉过他：自己已经有了“对象”，并且还与对方同居上了床。可那小连长仍然紧追不放，并且还恬不知耻地向梅花表示：他并不在乎上没上床，因为那又不是搞破鞋，而是搞对像，很正常。

气得梅花哭笑不得，怒目圆睁，也没有了主张……

她还说自从孩子流产后，总是心神不定，心脏疼痛，白天总想跑，夜晚睡不着。这大概就是失恋后的感觉……

最后，她终于跟我摊牌了，并给了我两种选择。一是与她私奔，到一个陌生的地方开始新的生活。二是我若真的爱她，就陪着她一起跳进辽河。因为她已经不想再活……

梅花的想法太荒谬了，我批评她那都是些不切合实际的想法。没想到梅花把水果刀递给我，又要我当场杀了她。并絮絮叨叨地说：“……俊哥哥，你最好现在就动手吧，因为我爱你，所以我愿意死在你的刀下。那样我会死而无憾的……”

我的个娘啊！这丫头简直就是疯啦……我连忙把水果刀扔进了辽河，一只手推着自行车，另一只手拽着梅花的胳膊，逃也似的离开了……

就在我们往回走的途中，梅花在我的劝说下，情绪终于恢复了平静。她说她妈那个样，再等下去也无望。并要我忘了她，再重新找一个，不想再拖累我……

快走到我住的屯子时，梅花又突然提出要再去我家一趟，看一眼我的老娘。还说她最近几乎每天都能梦见那间“乡间别墅”（梅花对我那间小破屋的戏称），那间给她带来无比幸福的地方。她还想在那儿再住一晚上。

为了防止她胡思乱想，也为了最后一次满足她的欲望，我只能违心地又把她领进了那间小破房。刚一进房，梅花就抱住老娘，哭了一场又一场，向娘哭诉着她的无奈与愁肠……

那天夜里，梅花央求我留下来再陪陪她，我没有答应，只能再次出去找宿，让老娘陪了她一晚上……

第二天一大早，当我又回到了小破房，梅花已将小屋收拾得整整齐齐，窗明几亮……只可惜，她不可能再成为我的新娘。

早饭后，我们仍然推着那辆自行车，又一次（也是最后一次）漫步在进城上班的土路上。我们一路上经过了大队部，穿过了铁路，又越过了开满鲜花的小学校，最终来到了十字路口白市道。我将往东去，她将住西走，最终分手的时刻到了。我们又拉了下手，她要我珍重，我祝她幸福。从此便各奔了西东……

当天夜里，我失魂落魄地回到家里。看到曾经温馨的小屋人儿已去，顿时感到鼻子酸酸的，止不住留下了两行热泪。不知怎的，我满脑子都是梅花的倩影，好希望能从小屋里找到她生活过的气息。忽然，我发现摆放在窗台上的两盆月季花也已经枯死。哦，我忽然醒悟：……这些似乎都是天意。

黎明时分，孤独的我仍没有倦意。于是便打开了一瓶酒，边饮边写边发泄着内心的憋屈……

漫漫的长夜里，让我难以入睡，再次失恋的痛苦，让我撕心裂肺。斟上一杯烈酒，今夜为你而醉，你的无奈离去，让我一夜憔悴。不知谁错谁对，难品其中滋味，端起伤心的酒，一杯接着一杯。喝着辛辣的酒，流着伤心的泪，我那丢失的情，再也找不回去。昨天发的誓言，全都化为烟灰，与我牵手的承诺，又都随风而飞……

就这样，我的第四枚花絮（第一位真正朝夕相处了一年多的女友），又随风而逝了……

清晨，老娘从上屋起床回来了。她见到两眼红肿的我，还一身的酒气，又联想到好久都没有登门的梅花，便猜测到与我的恋情又“黄”了。

老娘安慰我：“俊儿呀，你也不必伤心难过，这又不是你的错。其实我也挺想念梅花的，多好的闺女呀！这咋说变就变了？”老娘擦了擦从两眼溢出的混浊泪水，继续劝慰我：“这城里的闺女心都高哇，咱们家条件差，供不起人家。要不，咱还是找个门当户对的村姑吧……”

望着老娘那难过又期盼的眼神，我终于答应了她：“以后就找个能过日子的农村姑娘得啦……”

一九七七年六月中旬的一天上午，畜牧局的丁书记打来电话，要我中午到他家喝酒。吃饭时，他问我与梅花的关系咋样了？我很苦恼地摇了摇头，告诉他已经“黄”了。

他说有一位妻子的表妹十分优秀，人也长得一流，只是农村户口，在家修理地球。我若不嫌弃，可介绍与我处一处。

我轻轻地点了一下头，并告诉他也正想找一位村姑。

六月下旬的一天，丁书记把我堵在了白市道的十字路口，告诉我妻表妹已来到他家，叫我务必过去瞅瞅。我都谈过好几个女孩了，每回都是无奈地分手，也不知这一回是笑还是哭……

我那天穿着一身旧军服，跟着丁书记又再次来到了他家里头。刚一进院子，就发现一个留着长辫子的姑娘隔着窗玻璃偷看我。进屋落座后，丁书记给我们作过介绍，便借故与夫人出去了。屋子里只剩下我们两个，空气仿佛一下子凝固了。我见她坐在炕沿上，老是低着头羞涩地摆弄着辫梢，便首先打破了沉默，明知故问她今年芳龄多大啦，家里都有啥人哪，高中毕业几年了？

她终于悄悄地抬起头，含情脉脉地看着我……

哎哟！我惊讶得张大了嘴巴。展现在我面前的她：生得曼长脸，细腻的皮肤白白净净的，一对柳眉下的大眼睛亮晶晶的，挺直鼻梁下的小嘴巴，就像是一枚含苞待放的花骨朵似的。

就在她起身去外屋为我倒水的工夫，我又看到她那一米六八的苗条身材，摆动起来就像是一株杨柳树似的……

呵呵……这简直就是上天赏赐给我的一位双目秀丽，身材颀长的仙女哟！看的我心里痒痒的，眼睛都有些发直了……

她莞尔一笑，娓娓动听地向我讲述了她的身世与经历：……

原来，那年二十一岁的她出生在辽宁省昌图县三江口镇的一个农村菜队。七四年高中毕业后，由于家庭是富农成分，招工没门，想当兵更没有份，只能在生产队里“战天斗地”。虽然也该谈婚论嫁了，也有条件不错的人家“相中”了她。但一听到她是“富农”出身，就吓得像躲瘟疫似的没有了下文……

那是一个特殊的年代，是很讲究家庭出身的。若是地富反坏右的子女，不但招工没有门，当兵没有份，就连娶妻嫁人都受影响。

很多年轻人就是因为出身不好，结果在谈婚论嫁时吃了大亏。很多男的打了光棍，女的不是找个残疾人，就是找个二婚的。因为贫下中农出身的，不是把他视为“定时炸弹”，就是“阶级敌人”。

我有一位姓乔的同学，长得秃头秃脑，前瘠心后罗锅，腿还有点儿瘸。可就是因为出身好（贫农），居然有一位地主出身的闺女愿意投入到他的怀抱。那闺女长得人有人，个有个，可就是这样的一朵鲜花，想往牛粪堆上插，小乔还不敢要。说什么“宁可当个光棍汉，也要与地主富农划清界限”，决不能怀里搂颗“定时炸弹”！为这事，他当年还被评为“活学活用”毛主席著作的典范……

当前年我又回辽河遇到小乔，问起他膝下有几个儿女时，把他懊恼得又是叹气又是跺脚：“哪儿来的什么儿女呀，我这辈子直到现在连个女人的屁都还没闻到呢！这都是年轻时让‘四人帮’给忽悠的……”

可“四人帮”那时已经给你创造机会了呀！要不然人家一个大地主的千金小姐凭什么嫁给你一个残疾人呀？是你自己没能把握住那个千载难逢的好机会……

第二天上午，丁书记向我转达了妻表妹的意见：若不在乎她的“富农”出身，还愿意与我面谈……

我又一次跑到了丁书记家，再次与她相见。这一次，我才弄清楚她的芳名叫李凤至。多么动听又吉祥的名字啊！一只美丽的凤凰落到了我家的房檐上。

我开门见山地告诉她：我不会在乎她的“富农”出身。她家祖上的房子与土地也是几代人劳动置下的。穷人们分也就分了，还弄的后代们受歧视，这本来就不合乎情理。再说我家都穷几辈子了，也正想找个“富农”冲冲喜，改变一下我的命运……

凤至被我逗乐了。她夸我讲话一针见血，既幽默又风趣……

接下来，我告诉凤至：我的家里特别穷，仅有一间小破屋……她立刻打断了我的话，表示不在乎我的穷富，只看中我的才华……

我那天与凤至是一见钟情。没费啥劲就将她“拿下”了。并约定让她先回三江口，第二天再带领家人，前来我家“相门户”。

巧的是我们吃完午饭刚一出院子，竟迎面遇上了梅花，这也太尴尬啦。原来梅花家就住在前院，丁书记不在家时，她就时常过来与丁夫人做伴。那天有事登门，竟与我们撞了个满怀……

梅花看了看我，又打量了一下凤至，似乎明白了一切。只见她猛地扭过身子，一边抹着眼泪，一边飞快地离去。

所幸的是，凤至那时并不认识梅花，要不然就更无比尴尬了……

望着梅花远离的背影，我的心里久久未能平静，并发自内心地念叨：花儿啊，对不起，我知道你的心里也很难过。可那是你们家先负的我，我如今也只能这么做，但愿你千万别记恨我……

一九七七年六月二十五日，是我与凤至订婚的日子。一大早，我就把重新采集的两株月季花栽到窗台上的花盆里。然后换上一套崭新的军装，一路小跑到火车站，把凤至娘俩和丁书记夫妻接到了我们家。

刚一进院，准岳母就停下脚步，把不大的小院观察了一遍：那牛棚似的小破房，巴掌大的小菜园，还有一个紧靠着墙头的破猪圈。准岳母站在那儿迟疑了半天，看那架势似乎想要往回返……

凤至猜到了母亲的心思，她一边给母亲使了个眼色，一边牵起了母亲的手，这才来到了我家门口。这时，正在做饭的老娘从屋里迎出来了。她一把拉住凤至的双手，一边不住地打量着美丽、文静、亭亭玉立，比前几任都更养眼的准儿媳妇，高兴得嘴都没拢住……

不大会儿，与我们家关系不错的老郭嫂和妇女队长马秀英也到了，她们是受到我的邀请，前来陪客的。

平时冷清的小屋子，一下子来了那么多人，顿时热闹起来了。

中午，订婚喜宴开席了。众人围坐在小炕桌周围，一边品尝着美酒与饭菜，一边祝福着我与凤至的未来。气氛活跃而热烈，既热闹非凡，又充满了关爱……

刚吃完订婚宴，凤至按东北风俗给老娘点了一支烟，老娘赶忙把一百元见面礼（十张大团结）装进了她的兜里边。此时，整个订婚仪式已经进行完，显得既朴素又简单……

那天，我由于高兴，也喝了不少酒，喝得身子东倒西歪，脑袋迷迷糊糊。待把客人们送走后，我一觉又睡了一下午。并又做了一美梦，梦见了昨夜星空好绚丽，天空飘下一仙女，悄悄落到我床前，偎在我的怀抱里。与我接吻、拥抱、爱抚、嬉戏，我们情意绵绵，窃窃私语，同床共枕，将爱情之河一泻千里……

我在蒙蒙胧胧中的梦境里笑醒了。呵呵！我这是在梦中娶媳妇，尽寻思美事哩……

那天夜里，我还特意给挂在墙上的毛主席像烧了一炷香。一边给他老人家作着揖（行拱手礼），一边在心里念念有词："敬爱的毛主席呀，我真的好感谢你。若不是你打倒了地主资产资级，叫他们几代人都不得翻身。我一个穷小子怎会攀上'富农'的千金，而且还是一位天仙似的美女。但愿你老人家再发发慈悲，能保佑我把凤至娶到家里……”

接下来，我几乎每个星期六下午都要乘上火车去看望凤至。她们那个地方是辽宁省的边陲小镇。距辽河县城仅有二十五公里，乘火车三十分钟就到了。

凤至很忙，我每次去她家，她都几乎不在，不是在生产队的菜地里干活，就是挖沟修渠。她的父母疼爱我，总觉得当村姑的闺女找了我一个国家干部是“高攀”了。所以我每次去她家，都尽可能给我弄一些好吃好喝的招待我。特别是准岳母烙的油酥馍和煎的小杂鱼都是我最爱吃的。

我当然也会讨二老欢喜。每趟去不是带去二斤猪肉，就是带去二斤点心。有一回身上实在没钱了，只买了一瓶玉米酒带去。老岳父喝完了，居然没舍得把空瓶子丢弃。后来我去了北大荒，老人家每当想念我时，就拿出那只空酒瓶子反复地看上几眼……

除此之外，我还帮助她们家刷锅、洗碗、扫地，给菜园子浇水……有时还到街上吆喝着卖菜呢。高兴得准岳父母逢人便夸我是个好姑儿。

也有一些人对我选择了凤至不予理解。他们认为我一个堂堂的国家干部，不该找一个“富农”的闺女。并说我的阶级立场有问题，还有的人诋毁我长得不咋地，恨不得让我们马上就分离……

凤至不忙时也常到我家小住几日，不是帮助整整园子，就是帮忙喂猪喂鸡。那间小破屋经她收拾与布置，又重新充满了温馨与生机……

两个多月后的一天，我那在黑龙江生产建设兵团当团长的大哥回来看望我们。当他听说我订婚了，也很想见见未来的弟妹。于是，我们第二天带上礼物，又一次登上凤至的家门。

村民们听说凤至的大伯子亲自拜访登门，而且还是个大军官哩。都纷纷赶来想凑个热闹，连平时从不登门的村支书也不请自到……

哎哟哟，这是咋的了？这凤至家不是无产阶级专政的对象吗？怎么连解放军的大团长都敢上门了？看来这老李家又要时来运转呀！

那天中午，凤至家就好像是在过年似的。由我当了一回屠夫，宰了两只鹅，又杀了两只鸡，再加上我们带回来的几斤猪肉与烧酒，整整办了三桌子酒席。凤至的爷爷、奶奶与两对叔婶和三对兄嫂，以及姐姐、姐夫也全都到齐。还有大、小队的干部，也应邀出席。要知道在座的那些人，还从未见过什么“大官”呢。家里一下子来了那么多人，顿时显得热闹非凡，蓬荜生辉。从此再也没有人敢小瞧与羞辱老李家……

吃饭时，凤至给大哥敬了两杯酒，高兴得大哥笑眯眯。当他听说凤至还是个人民公社的社员，每天都要“修理地球”“战天斗地”时，当场就向众人表示：要改变一下凤至的命运，让她脱离农村，到黑龙江生产建设兵团去……

从三江口返回的列车里，大哥向我竖起了大拇指，一个劲地夸我有眼力，对我找的媳妇很满意。并且说：像凤至那么知书达理，温柔漂亮的，在他们全建设兵团都很难寻觅呢……

大哥回去后不久，就给我们寄来了户口迁移证和工作商调手续。按兵团规定，要想解决凤至的农村户口问题，我必须得先调过去。于是，我为了凤至能脱离那个农村菜队，毅然决然地办好了调动工作的手续。

第四篇
北大荒的蹉跎岁月

一九七七年十月十日，我登上了一趟开往黑龙江的列车，向站台上为我送行的未婚妻凤至挥手告别……

那天，也不知道梅花从哪儿得到了我要去黑龙江工作的消息。她也赶到了辽河火车站，躲在了一个角落里，一边向我悄悄地挥动着小手，一边哭得像个泪人似的……

那些日子，她总是心不在焉，寝食难安，人儿整个瘦了一圈。也许她觉得我这一远走高飞，从此再也没有了见面的机会。因为她毕竟是深深爱着我的……

一路上乘火车，换汽车，我整整走了三个昼夜，终于到达了目的地——黑龙江省饶河县东安镇。这里是祖国的边陲，也是中国人民解放军沈阳军区黑龙江生产建设兵团第 23 团的所在地。有来自全国各大城市的上万名知青驻扎在这里。我被安置到团直属汽车连干我的老本行——文书兼统计（正排职）。

这里是风景如画的完达山脉。到处是茂密的原始森林和一望无际的黑土地。团部紧临中苏边境乌苏里江，才八公里，全团不但有上万名知识青年，还有许多复员、转业的军垦老战士。他们在这里战天斗地，用勤劳的双手绘制着边疆的蓝图，耕耘着祖国的边陲。北大荒在他们的辛勤劳作下，显得到处欣欣向荣，充满了生机与活力……

这里是远离内地的边境地区。尽管生活艰苦些，交通不便利。但这里的人们丰衣足食，夜不闭户，路不拾遗，民风还是蛮淳朴的……

我的工作也很忙碌，平时不但要定期出黑板报，负责全连的宣传工作，还要搞好全连的各种统计。别看我只是个小小的文书兼统计，可也有些权力。我若是给哪位驾驶员多填报一些吨公里，他就能多领到几十元的人民币。比一个月的工资还高哩。所以，驾驶员们都很想巴结我，今天有人请我吃鱼肉，明天又有人邀我吃酒席……

我写信把这里的情况向凤至作了详细的介绍。她很快就回信说非常的想念我，几乎每个夜晚都能梦见我，她要我尽快地帮她找到工作，并期盼着能早日来边疆，与我在一起共同生活……

就在这时，一些热心，但不明真相的战友开始为我介绍对象了。女方大都是来自北京、上海、哈尔滨的知识青年，条件一个比一个的“领先”，人长得也一个比一个的好看。她们中间有的是劳动模范，有的是连指导员，还有一位是团党委委员。

那些知青们，组织上原先是不允许他们谈情说爱的。后来觉得他们到了结婚的年龄，想让他们扎根边疆，这才开了口子，允许他们搞对象。我去的那年正好赶趟……

全团最好的单位当然是卫生队（医院）和汽车连。有些“背景”和比较优秀的男青年基本上都在汽车连上班，而那些有头有脸干部们的“千金”和知青中的美女又都工作在医院。这两个单位就像是结下了“铁亲家”似的，是年轻人谈对象时首选的伊甸园……

我那年才刚满二十六岁，又是个十分英俊的年轻军官。所以就成了女青年们物色对象的首选。我们营长有两位俊俏的“千金”，他首先看中了我的才华，并传话给我，相中哪个就给我哪个。只要我肯点个头，住房问题不用愁。还没过几天，政委不知为何也把我“相中”了。他有个在卫生队当医生，长相甜美，像混血儿的独生女，此时也正在物色“乘龙快婿”。他向我们连长夸下海口：只要我肯娶他的宝贝闺女，马上就能提拔我到团政治处任正连职干事……

突然有那么多美女随便我挑，弄得我也不知如何是好?

那时候也有人善意地劝我与凤至分手。说什么又没有拜堂成亲，放着那么多的美女如云不挑，还等什么乡巴佬。

这下可把我那听到风言风语的大哥吓坏了。他怕我经不住诱惑，急忙把我约到了团招待所。要我一定要经得起诱惑，千万别做陈世美，娶凤至的心不能动摇……

大哥最后还恐吓我：我若是把凤至给抛弃了，他就与我断绝兄弟关系，永远都不要再叫他大哥。为了防止日久生变，夜长梦多，他还亲自为我请了探亲假，叫我回去把老娘与凤至接来过生活。

一九七八年二月，我又一次回到了辽河县。本来过完年就该返回兵团的，可我在带走她们娘俩的问题上一直都没有想好，客观原因是太难了。一是她们去了没有房子住，二是凤至还没有找好工作。可不带走她们，大哥又不依不饶。“车到山前必有路”，我只能豁出去了……

刚过完正月十五，我们娘仨就上了路。由于刚过完年，列车上的人太多，旅客们连脚都没地方搁，我们只好勉强站在过道。待列车到公主岭站停下时，凤至突然要下车，她说从没遭过那样的罪，被挤得实在受不了。老娘拼命地拉住她，任凤至想挣脱也不松手。

此时，乘警过来了，不明真相的还以为我们是在拐卖人口。我一边向乘警说明了情况，一边给凤至做了思想工作，这样才得以继续往前走……

我带着老娘与凤至经过了三个昼夜的艰辛行程，终于来到了大哥家。哥嫂与侄儿见我们都来了，一个个高兴得手舞足蹈，一家人终于再次团聚了，而且还多了一个没过门的弟媳妇。

一开始，娘与凤至住在大哥家，我住连里宿舍。可还没过几天，中央军委就下达了命令：将黑龙江生产建设兵团予以撤销。原来的23团改为黑龙江省国营859农场，归属了地方。大哥一家又回到了原来的部队，去了吉林的通化。

农场那时的住房特别紧张，加上我们刚去，又举目无亲，大哥家走后更是雪上加霜……

大哥讲：“既来之，既安之。”他在临走时，把凤至安排到了一个远离场部的水泥厂干临时工。把老娘安置到一对知青家里看一双未满周岁的龙凤胎。为的是能有一个落脚的地方。

那天下午，我们哥俩把凤至送到了水泥厂。说是水泥厂，实际上是建立在群山环抱的山坳里，仅有几间简易房的一个大作坊。

我们来到了女宿舍，那里几十个女知青挤在一个通铺里，弄得凤至的行李都没处放。看到这种情况，我们站在那儿愣了半晌，最后还是凤至腼腆地说了一句："又来了一个，请各位姐妹挤一挤，帮忙腾出个地方。"寝室内的几位女青年，这才又重新拉扯着铺盖，为凤至挤出了一个只能侧着身子睡觉的地方。临别时，看到凤至将要留在一个举目无亲，既艰苦又陌生的地方，我的心里特别的悲伤与凄凉……

凤至她们上班是三班倒。早班是清晨四点至十二点，中班是十二点至晚八点，就数晚班最辛苦了，要从晚八点一直干到第二天凌晨四点大清早。

凤至每天上班时，都要顶着刺骨的寒风，跋涉着没膝盖的积雪，在尘土飞扬的车间里，冒着零下二十到三十度的严寒，伴随着嗷嗷的狼叫，不是往机器里喂石料，就是搬运五十斤一袋的水泥包，一干就是一个通宵。她由于疲劳过度，有时刚站一会儿都能睡着。也有时睡过了饭时，就只能忍饥挨饿……

凤至在那种异常艰苦的条件下，忍受着远离家乡的痛苦和思念亲人的折磨。但她为了能改变自己的命运和能与我在一起，却一直咬紧牙关坚持着，忍受着……

不久，知青们知道了凤至在那儿遭罪，都是为了在场部汽车队当干部的男朋友，一个个都羡慕得不得了，都说她找到了心中的白马王子，苦点累点也值了，太值了！

从此，知青们与凤至的关系逐渐地亲密起来了。她们每回来场部玩，我不是给她们买好吃的，就是送给她们电影票。若赶上知青们回城探亲，我还让她们搭上顺风车到福利屯或佳木斯火车站，一律免票……

凤至每天都盼望着过星期天，因为这一天，她可以搭乘顺路车到场部与我和老娘团聚。那是怎样的团聚啊！中午，我从食堂买来饭菜，拿到老娘带孩子的那个知青家用锅热一热。饭后，我们有时看看电影，逛逛商店。到了晚上，娘儿三个就挤在一张不足一米的小灶上轮着睡到天亮……

一年后，我们的生活终于迎来了双喜临门的曙光。先是凤至因在水泥厂表现良好，被转成了国营农场正式职工，二是知识青年大批返城，我分到了一套腾出来的住房。一九七九年元旦那天，我们兴高采烈地搬进了新房。新居共有两间，我从中间隔开，形成了四间，我们与老娘都拥有了各自的空间，还有了小客厅与厨房间。

我最爱拾掇屋，屋里屋外每天都被我收拾得干干净净，窗明几亮，还把打制的几件新家具擦拭得闪闪发光。我们在边疆农场终于又有了一个新的家，它虽然不大，却洒满了阳光，充满了温馨与希望。

一九七九年四月六日，我们满怀喜悦与激动的心情来到农场公安分局扯了红彤彤的结婚证，两个多月后的一九七九年六月二十五日，我们又回了阔别一年多的三江口，在凤至家举行的婚礼既热闹又简朴。

那天一大早，我那身着军装，年已四十七岁的大哥特意从部队赶来了。前来贺喜的亲戚、朋友、同学及村民们挤满了院子。凤至的大姐首先做了一大碗长寿面亲自将她喂饱。随着噼里叭啦的鞭炮声，我们行了一拜天地，二拜父母，夫妻对拜的大礼后，被送进了洞房……

凤至那天打扮得貌美如花，显得分外妩媚，十分妖娆。那时候结婚还不时兴穿婚纱，只见她身着紧身的红色嫁衣，把修长的身材衬托得犹如下凡的仙女，显得更加亭亭玉立……

我们开始挨个桌子给亲友们敬酒。待敬到大哥时，他看到了我与凤至终于喜结良缘，唯一的弟弟娶了个令他非常满意的弟妹，高兴得连着干了三大杯。亲友们都很羡慕凤至找了个好人家，纷纷的赞扬我们是天生的一对，地配的一双……

一九七九年六月二十五日我终于与第五位恋人凤至喜结良缘（摄于哈尔滨太阳岛）

结婚后，我通过关系把凤至调到了场部医院，先是在食堂炊事班当了两年炊事员。后来又到门诊部收款，再后来她承包了医院的小商店，当起了小老板……

一九八二年二月十日十点十分，我们的大女儿芳芳在这里降生了。就在三天前的夜晚，凤至梦见了一位仙女从漆黑的夜空乘着满天飞舞的大雪，轻轻地飘到了我们的家里边……

一家四口在北大荒，老娘带着芳芳，小家布置得温馨整洁，洒满了阳光

婚后的生活是幸福而又甜蜜的。老娘平时带着芳芳，我与凤至每到春秋天的节假日，便来到完达山上采摘蕨菜与蘑菇，夏天到乌苏里江洗澡与捉鱼，冬天带着猎枪到林子里去狩猎，常常能狩到狍子和野鸡……小日子过得既丰衣足食，又很有情趣。

一九八三年三月，我被借调到农场宣传部写场史与地方志。这一年，我充分发挥了自己的写作天赋，利用业余时间贪黑起早，为农场撰写了各种稿件五百多篇。当这些稿件陆续地投给了新闻媒体后，竟被《人民日报》《经济参考》《黑龙江日报》《佳木斯日报》《农垦报》等报刊采用登载了一百二十多篇。对农场改革开放以后所取得的各项成果和精神面貌进行了大力的宣传。

这下可好了。场长、书记都让我给“吹”上了天，到了年终，上级每个人奖励了他们人民币一万元。这下可把场长、书记给乐坏了，要知道那时的“万元户”可金贵着呢，都能买一套豪宅了。

也是在那年年底，场领导们“知恩图报”，也以我为农场作出了特殊贡献为由，居然也给我颁发了“特贡奖”一千元。那可是我整整两年的工资钱！与此同时，我还被评为黑龙江省优秀通讯员，国营 859 农场劳动模范。

一九八三年底，我被评为黑龙江省优秀通讯员，国营 859 农场劳动模范

一九八四年初，农场自设考场，打算选拔一批优秀的后备干部。我又在二百多名竞争者中考了个第一。不久，场领导便认命我这个“头名状元”为国营 859 农场汽车二队队长。

汽车二队共有翻斗车二十多辆，职工一百多名。担负着全场繁重的修路任务。边疆地区路况差，筑的全是沙石路。常常是刚铺好的一条沙石路，一场大雨就被冲垮。所以一年到头，路面总是坏了补，补了坏，坏了再修。总也没有个消停的时候。

一九八四年四月，不知为何，黑龙江各个媒体突然大张旗鼓地鼓动人们养“地龙”（一种日本品种的蚯蚓）。说什么那种蚯蚓可制成“地龙饼干”和“地龙酒”，人食用后可延年益寿。一时间我们农场的职工纷纷响应，也养起了“地龙”。

富有经济头脑的我心里也痒痒的。我没有去养殖，而是做起了批发生意。

于是，我物色了两名跑腿的，叫他们到佳木斯去进货，我负责宣传与营销。接着，天上掉“馅饼”的一幕便出现了……

当人们听说养“地龙”能发财，都跑到我家来购买。当时一条蚯蚓的价格是两角，一称盘子牛粪里大约有五百条（蚯蚓养在牛粪里）。由于购买的人很多，也没有工夫去数，所以我就干脆一百元钱给他们称二斤牛粪（一称盘子大约二斤）。创造了史无前史的天价牛粪与蚯蚓，那可是一头大肥猪的价格哩！

没想到那一回我也捡到了一张从天上掉下来的大馅饼，挖到了人生的第一桶金。看来一个人若能把握住“财运”，便会财源滚滚……

一九八五年春节，我们是在三江口度过的。我们自打一九七八年去了北大荒以后，几乎每年都回三江口过年，为的是能与凤至的家人团圆。那时的农村还很穷，一年到头也吃不到油，更见不到大米、白面。于是每次回去，我都是左手拎着一大桶油，右肩扛着两大袋白面和抱着芳芳、挎着大包的凤至千里迢迢把家返……

春运期间人海如潮，火车上根本就买不到座，爆满的乘客相互拥挤着，我既要照看孩子老婆，又要护着面和油，可想而知，那罪遭的还不如去蹲几天大狱舒服。

待每次踏进凤至的家门，我的右肩都会留下一条通红的血印，感动得岳父岳母直流眼泪。逢人便夸我是他们老李家积了八辈子德才找到的好女婿……

赏完了正月十五的月亮，我们一家三口又应静姐的邀请来到了北京。静姐亲自到北京站把我们迎接到她那位于颐和园附近的新家。巧的是静姐的小妹花朵也已经来她家好几天了。

静姐那年虽然已经五十岁了，但看上去特显年轻。风姿犹存的她与小妹惊喜地打量着我们一家三口，俊朗的脸上写满了笑容，似乎别有一番滋味涌上了心头……那神情似乎觉得凤至比朵朵颜值更高，更优秀！

静姐还说她当年就慧眼识珠，猜到我将来会有前途……

我真诚地感激她们把我从农村的地垄沟里解救了出来，帮我脱离了苦海……

我们在静姐家小住了两天，与静姐夫妇、花朵她们再次游览了故宫、长城与天坛……

我们还在王府井大街购买了一台当时还十分金贵的“昆仑”牌黑白电视机，并带上它回了一趟阔别多年的故乡安徽。

列车飞快地跨过黄河，越过泰山，当经过徐州时，我那无比激动的心情直往上蹿。因为再往前一站，就是我的故乡宿县。

我靠近车窗，贪婪地观望着那一块块翠绿的麦田，一排排新盖的砖瓦房，三五成群的牛羊，还有那供麦子脱粒的石滚和宽敞的打麦场。时隔十七年，家乡那一幕幕熟悉的景象再次映入了我的眼帘。不知不觉间，激动的泪水已溢满了双眼。

“各位旅客，前方到站是宿县车站……”

忽然，列车员那甜美的声音将我那滚滚的思绪打断，列车已经停在了宿县站。

我们刚一下车，就看到我大哥与侄子从鱼贯而出的人群里挤过来接站。大哥那时已从部队转业到市肉联厂任厂长，他们连忙接过行李与芳芳，放到停在门口的电瓶车上。侄子一边开着车，一边给我们介绍着沿途那些崭新的建筑和美丽的景象……

在宿州那几天，我们去了一趟故乡时村镇。

由于多年未归故里，原先的两间茅草屋早已东倒西歪，摇摇欲坠。郑窄的小院长满了杂草，覆盖着树叶。乡亲们听说从小就出去“闯关东”的我回来了，还带来个东北媳妇，都热情地跑来与我们打着招呼。

中午，我在镇上的饭店摆了两桌子酒席，招待前来看望我们的众乡亲。

我大叔几杯酒刚下肚，便向众人打开了话匣子……

“我晓俊侄子从小就有三个心愿：一是长大后想开汽车；二是想当官；三是想找个俊俏的媳妇。你看你看，这不也都如愿了吗！”

“是啊，晓俊这孩子从小就心灵手巧，会做皮影人，演皮影戏……”

“有一天夜里，他带着几个小伙伴去偷瓜，见看瓜的爷爷还没睡，就出了个馊主意，用红布包着手电筒，冲着老爷子直晃动，老爷子误以在闹鬼，吓得屁滚尿流就溜进了小屋里……”

晓俊还编了一套顺口溜哩，叫做“下定决心去偷瓜，不怕牺牲往里爬，排除万难挑大的，争取胜利往家拿……”

“哈哈哈……”众人当场被逗得开怀大笑。

“记得晓俊都上小学三年级了，还常尿裤子呢……”

“你懂什么呀！那是因为过贱年，家家户户喝稀饭，人人撑得肚子圆，上课时总想小便，可下课铃声不响，老师又不让去方便，实在憋不住了，才把裤子尿湿一大片……”

乡亲们一边与我交杯换盏，一边调侃着我的童年……

下午，我们在古镇时村故地重游。再次目睹着那座“井”字形老街和那些明清两代的古老建筑，儿时的经历又一幕幕地涌上了心头……

那时候，为了赚钱交学费和解决温饱，我大清早就到街上吆喝着卖烧饼油条，麻花糖糕……

第二天上午，我们又带着“阴钞”来到了曾经埋葬我父亲的地头。据长辈们讲，我们这些年出去“闯关东”，父亲与爷爷、奶奶的坟头早已被当年“农业学大寨”时期铲平了。

找不到坟头，我们只得在地头燃纸上香，跪在那儿给他们瞌了三个响头，哭得浑身颤抖。

我站在空旷的原野，回忆着逝去的童年，再一次思绪滚滚，往事如烟……

当天夜里，父亲给我托了一个梦。他告诉我，他在那边仍然掏大粪，种菜园子……

他还告诉我，那边也是太平盛世，夜不闭户，路不拾遗，领袖还是毛主席……

我端详着父亲那张布满疤痕的脸，问他是咋弄的？父亲突然哭着告诉我，是那年埋葬他时被大席扎的……

我猛然想起，父亲一九六一年春天饿死时，由于买不起棺材，家里是用一条芦苇编织的大席卷着他的遗体下葬的。他那张因饥饿浮肿的脸肯定是人们往席子上填土时扎烂的……

我立马被父亲那张恐怖的脸惊出了一身冷汗，醒来后再也无法入眠……

在时村那几天，亲友们每天都争着请我们吃饭，热闹非凡。

那是改革开放的第七年，农村早已分田到户，实行了大包干，粮食产量翻了几番。那种人民公社时期“红芋干子面，红芋干子馍，离开红芋干子不能活”和“干活大帮轰，分粮一场空”的忍饥挨饿年代已经结束了。取而代之的是人们普遍住上了砖瓦房，吃上了鸡鱼肉蛋与细粮。

当我看到生我养我的故乡正悄然地发生着翻天覆地的变化，顿时有了叶落归根，调回家乡工作的想法。于是我找到了神通广大，时任中共宿州市宿北区委书记的堂姐夫家。

堂姐叫马绳芬，家住宿州城内一座不是很大，但却很精致的院子里。院子里花儿盛开，呈现出一片春色。

堂姐在一家企业当会计，那天是个星期天，在宿北区担任区委书记的堂姐夫正好也在家里。

堂姐夫名字叫吴凤亭，那年才刚刚五十二岁，是位农民出身的土包子。由于性格豪爽，直来直去，事业心强，能力超群，而且酒量大，爱熊人，富有开拓精神，人送外号“大炮书记”。

那天午宴，我们俩喝了一瓶“宿县头曲”，我被姐夫灌得迷迷糊糊的。初次见面的姐夫仔细地询问了我的工作经历。当他见我头脑聪明、灵活，很想调回故乡工作，当场就拍了一下饭桌，表示区里正缺一位乡长，我若能调回，就能考虑让我当。

我返回农场以后，便找党委组织部要求办理工作调动。老场长听说我要走，便第一个找我做思想工作。说什么我是农场栽培的领导干部，若不走，将来很有可能就是场长、书记的苗子……后来，场领导见我调回家乡的决心坚定，便同意了我的多次申请。

一九八五年九月中旬的一天，我调动工作的手续终于办成。就在即将离开农场时，我忽然觉得心里发酸。想起我在这里度过了人生最美好的八年青春年华。在这里成长的爱情，在这里成的家，在这里诞生的女儿，在这里经受了艰苦岁月的考验……

临要离开北大荒的头一天，我开着一辆汽车，带着凤至和已经三岁多的女儿芳芳，又一次重游了我们八年来所到过的地方。我们游览了风景秀丽的完达山，波浪翻滚的乌苏里江畔，还有凤至打过工的水泥厂。最后我们又来到了那一望无际的黑土地，欣赏着那波浪翻滚的稻田……

为了不打扰和影响大家的工作与生活，我们选择了夜晚出发，乘着装满家当的汽车，悄悄地离开了农场，离开了装满回忆的北大荒……

第五篇

坎坷的从政之路

一九八五年十月，我们终于叶落归根，回到了故乡宿州。在等待分配工作的日子里，我们住在大哥家，与哥嫂幸福地生活在一起……

一九八五年十二月底，我终于接到了通知，要我到路町乡去当乡长。我当时就乐坏了，这可是能管住几万人的“封疆小吏”九品官呀。

那天，我带着老婆、孩子与老娘，乘着区里派来的一辆面包车，怀着喜悦的心情前去上任。可当面包车刚开到乡政府门口时，区里派来的宣传部曹部长就迎了上来。他向我传达了区委指示，说是情况有变，上级取消了对我当乡长的任命，要我到区里先住下来，等待重新安排。我当时就像被倒了一盆冷水，从头凉到了脚后跟。

后来才知道，因当时与堂姐夫不和的一位官员跑到上级组织部门告了一状，说他认人唯亲……结果上级取消了对我乡长的任命。

我们只好先回到区委大院安顿下来。区里分给我们两间住房，我与凤至住一间，老娘带着女儿芳芳住另一间。我们又重新置办了家当，开始了新的生活。

一九八六年三月十日，上级又对我进行了新的任命。任命我为栏杆乡人民政府常务副乡长（要我暂主持乡政府工作，不再任命乡长）。

栏杆乡是个半山区、半平原的边远乡镇。全乡辖八个行政村，约两万人，是一个远近闻名，盛产栏杆牛肉的地方。这里还是中共宿州市宿北区委的所在地。

上任的第一天，我刚迈进乡政府大院，就看见满院子人在那里排成两行夹道欢迎我的到来。乡党委书记姓金，看上去才只是个年仅二十多岁的年轻人。他向我一一介绍着乡里的各位干部。乡里边有书记、副书记、副乡长、人武部长、秘书、妇女主任、青年书记、财政所长、加上我才十几个人。担负着全乡两万多人的行政管理工作。

一九八六年，我（中）当上了九品乡长芝麻官，与同事们在乡政府大院

接下来几天，副书记带着我到各村，熟悉那里的情况。我们各骑一辆“飞鸽”自行车，沿着乡村公路，迎着灿烂的朝阳，边行边欣赏着沿途的田原风光……

原来，这里是个依山傍水的好地方。那一片片绿油油的麦田泛着细浪，茂密的苍松与翠柏，缀满在紧密相连的群山上。山坡上，一株株吐着嫩叶的桃树上挂满了盛开的桃花，一群群膘肥体壮的牛羊在悠闲地觅食与玩耍。山下边是一座碧波荡漾的水库，还有那山涧中的潺潺流水，恰好构成了一幅巨大的绿水青山的山水画。

此时，我不由得想起，这不就是人们常说的“世外桃源”与“天上人间”吗？

我们又穿过了茂密的山林，来到了千年古刹老海寺。在这里，我一边继续欣赏着那些绿水青山的壮丽画面，一边构思着如何把这里开发成未来的旅游景点……

上任还没几天，乡里就发生了一件治安案件。颜村的一位村长被不法之徒放火烧了泥草房三间，祖坟上的五棵松树被砍，还有承包地的一亩麦苗子被铲。这件事在村干部中间造成了恐慌，若处理不当，以后谁还敢当村长？出了这种事，理应我这个乡长去“升堂”。

那天，我带着两名治安员来到了颜村，当了解到此案很可能是因派性而起，还没有找到破案线索时，便当场决定召开村民大会，发动群众，揪出那个胆大忘为的“愣头青”。

村民们从广播喇叭里听讲为这事还要召开村民大会，人人都想看看热闹，瞧瞧我这个九品芝麻官的破案能力如何？

农村的会场很有特色，那天到会看热闹的村民很多，村委会的院子里盛不下，人们有的骑在墙头，有的爬上村叉。

会上，我大声地宣布着乡政府的处理决定：“……在肇事者没有抓住之前，由村委会出资，给受害人盖三间砖瓦结构的新房，再买来五棵松树苗，重新栽到老坟地上，并提前预支一百元钱，赔偿他那被铲除的麦苗款……”

“从即日起……”我继续宣布着决定：“凡是胆敢药死村干部猪的，就叫他赔牛，凡是再敢烧村干部泥草房的，就叫他赔砖瓦房，再烧砖瓦房的，就叫他赔楼房。并且一律绳之以法，严惩不贷！羊毛出在羊身上。”

我还宣布了奖励承诺：“若有人知情举报，提供破案线索，我不但颁发给他五百元的重奖（相当于现在的一万元），还可以聘用他到乡政府治安办工作。”

你还别说，我的那个承诺还真管用。当天夜晚就有一个小伙子跑到了乡政府的治安办，向我举报了那个纵火犯……

我也向他兑现了许下的诺言，并将那人绳之以法，由人民法院判刑两年半。

从此，全乡的治安出现了大好的局面。

不久，因举报纵火事件有功的那个治安员又立了新功。

那天，他和另外一名治安员从镇上的一个宾馆里绑来了一对嫖娼卖淫的狗男女，并问我咋处理？

经过审讯，那男的倒还老实，承认自己都三十好几了，还打着“光棍”，从未近过“女色”。这一回是经那女的挑逗，没憋住才花了一百元钱与她睡了一宿。没想到这天才刚亮就被逮住……

但那个卖淫女却是一个闯荡江湖的“老油条”。当我问她是干什么的？她的回答竟然还一套一套的……

她说：“我不经商不务工，风流潇洒度年轻；不报税不纳粮，工作只需一张床；不出力不动脑，吃喝玩乐花不了；不生男不生女，计划生育还彻底。”

我又问她：“为什么不靠劳动吃饭，出卖肉体与灵魂？”

她仍然振振有词：“我靠党党腐败，靠厂厂被卖，只有靠我下面这一小块。时间短赚钱快，不贪污不腐败，既舒服又自在，我的零件样样在，这咋能叫出卖？”

“哈哈哈……”我们几个被那卖淫女逗得再也审不下去了。干脆按当时的有关治安条例，对他们每人罚款一千元，行政拘留十五天。

还没过几天，乡里又闹出了一场令人哭笑不得的喜剧。那天上午大约十点多钟，乡治安办的两名协警从栏杆集镇上抓来了两名“不法村民”。他们把“人犯”带到了乡长办公室，交由我审讯。案由是那两人在集市上一直鬼鬼祟祟地跟踪我爱人，肯定是图谋不轨，动机不纯……

我听后不由得大吃一惊。还没等我开口“审讯”呢，那两人就大呼冤屈。原来我们刚搬进区委大院时，人们就传开了。说什么马乡长的夫人是东北的，长得如花似玉，就像是天上掉下来的仙女。就这样一传十，十传百，把凤至传得神乎其神。平时没见过啥世面的村民们都很好奇地想见见他们的乡长夫人。可凤至是大户人家出身，自幼家教甚严，大门不出，二门不迈。我们搬进区委大院后，她也从不轻易地走出区委大门。

后来，村民们终于发现了一个能让他们见到凤至的秘密。那就是每天上午九点钟，待广播节目结束以后（凤至那时在区广播站任广播员），就是她挎起菜篮子，迈出区委大院，到集市上采购蔬菜的时间。

于是，那些好奇的村民为一饱眼福，便提前来到了区委大门附近。他们有的爬到了树杈上，有的趴在墙头上，也有的假装在附近闲逛，等待着他们心中“女神”的亮相……

果然，上午九点多一点，风至挎着菜篮，摆动着杨柳似的腰肢，迈出了区委大院。那几位等了许久的村民顿时就瞪圆了双眼……

那两位被误抓的“粉丝”似乎还没有看过瘾，本来是想跟上去再多饱眼福的，没想到被协警当成坏人给抓起来了……

哈哈哈……当我真相大白时，不由得仰天大笑起来。农民嘛，有时就是这样搞笑、风趣。我不但没批评他们，还把那两人留下，在乡政府食堂吃了一顿午饭呢。

风至在栏杆待了两年，的确拥有了一大群被她“迷住”，欣赏她的粉丝。后来都调到市内汽车站当检票员了，仍有的栏杆人还“贼心不死”，为了能近距离地目睹风至一面，本来买的是上午的汽车票，却硬是改签下午的。因为下午风至才上班……

乡镇是最基层的一级政府，直接与村干部和农民打交道。每年的工作都是催交公粮、提留、挖沟、修渠、栽树、修路老一套。工作千头万绪，如果没有两把刷子，确实当不了主要领导。有人说如能把一个乡长当好，将来就能胜任一个县、市或者一个省的主要领导。这话讲得一点都不为过。其实，农村还有一项最难搞，最令人头疼的工作，那就是落实“基本国策”的人口与计划生育工作。

农村人普遍重男轻女，讲究个“不孝有三，无后为大”。

没生下儿子的常被人骂作“老绝户”，总觉得低人一等，抬不起头。而生下儿子的，就感到高人一等，光宗耀祖。客观上生了女孩长大嫁人后就成了别人家的人了。自己呢，却落得个竹篮打水一场空，白忙活。生了儿子不但能传宗接代，继承香火，长大后还能娶回来一个儿媳妇。所以，人们哪怕是拼上性命，也要生个带把的……

那时候各级政府对计划生育工作都抓得特别紧。有的地方还甚至走向了极端。乡村的建筑物墙壁上公然粉刷着大幅标语：“一牵猪，二牵羊，再不结扎就抽大梁（扒房）。”“喝药给你瓶，上吊给你绳，不去结扎就不行……”

即使这样，那些没生下儿子的“结扎对象”仍然东躲西藏，他们有钱的不怕罚，没钱的罚不怕，千方百计地与政府对抗。

因此，政府与群众的关系非常对立。个别地方还出现了村民砍死干部的事。每年的春秋两季都得搞计划生育突击。

那年春季，区里给我们乡下达的计生任务是：结扎三百名，上环六百名。要想在短期内完成这样一项艰巨的任务，对于一个从未开展过计生工作的乡来说，的确不容易。

为此，我首先召开了乡村干部会议。当与会者听说任务如此艰巨时，一个个吓得不是吐舌头，就是泼冷水……

我很着急，当场就爆发了军人脾气。当着一百多名乡村干部，郑重地宣布了全乡必须在十日内完成上级下达的结扎、上环任务的部署。

在座的党员干部亲属只给三天时间，若完不成任务，是干部的就地免职，是党员的立马开除。群众给七天时间，由党员、干部分片包干，责任到人，落实到户。因为农村工作历来都是"村看村，户看户，群众看党员，党员看干部"。只要党员干部带了头，群众就会跟着走。

为了提高人们的积极性，保证计生任务的顺利完成，我还制定了奖惩措施。规定凡是限期内去结扎上环的，每结扎一例就奖励二百元人民币（上环者减半），凡抗拒者一律收回所有承包的土地。

在会上，我还针对由于农村重男轻女造成的全乡二百多个"剩男"的现象，即兴编了一段顺口溜："咱栏杆的小伙真可怜，找不到媳妇就下云南，光路费就花了好几百，领来的女人还乌不黑，整天担心又害怕（怕跑了），咿喽啊啦还说不清话（听不懂），睡了几夜跑回家，几千块钱白吊搭……"

话还没落音，就引起了与会人员的哄堂大笑……

当时就有一位村干部站起来与我理论："马乡长呀，你说的这种情况还行哩，不管咋地那小子花了几千块钱还跟那女人开了几夜的洋荤，尝到了女人的滋味，过足了隐。俺们村上个月有一个老光棍花了五千块钱也从云南买回来一个'媳妇'。可那女人特别凶，长得黑不溜秋，人高马大，像个'母夜叉'，头三天硬是不让碰一下。老光棍急啦，心想那几千块钱总不能白吊搭。于是便多次冲上去，想把那个女人的裤子扒，没想到那'母夜叉'还会点'武功'，老光棍不但没得逞，还被打掉了两颗门牙没敢动。'母夜叉'趁着夜深人静，又溜得无影无踪……你说这老光棍花了那么多钱，连女人的身子都没沾边，到底冤不冤？"

"哈哈哈……"会场上又瀑发出一阵哄堂大笑声……

散会后，一位村干部拉着我的手"责怪"着："乡长呀，我这小肚子都憋得生疼,差点尿裤子了。"我忙指着院内的厕所："那边有厕所呀。"村干部连忙解释："……是你的讲话打动了我，既风趣又幽默，我怕听落下了。"

几天后，奇迹就出现了。由于我们奖惩分明，措施得当，党员、干部又起到了模范带头作用。全乡多年来积压的结扎、上环工作终于在十天内圆满完成了。顺手还惩收上来十多万元的超生抚育费呢……

为了表彰与奖励参加这次"会战"的全体乡村干部，我特别批准每人奖励一条毛毯，外加一件羽绒服。并在乡政府大摆宴席。庆祝计生工作取得的"伟大胜利"。

聚餐时，同志们纷纷向我竖起了大拇指，称赞我有担当，有魄力，有智慧，有作为……没想到我一个当过兵的对农村工作这般熟悉。

有个村干部拍着胸脯向我表示："马乡长啊，我们算是服你了，你太有魄力了，跟着你干工作太爽了，把裤腰带累折了都值呀！"

从此，我在乡里逐步树起了威信，站稳了脚跟，干起工作来一呼百应，一顺百顺。不论是春天的植树与修路，夏天的交粮与麦收，秋季的秋收与提留，还是冬季的计划生育任务，样样都完成得十分出色……

一年多以后，由于我的政绩突出，能力超群，特别是计生工作被评为全国的先进，区委决定要我担任计划生育委员会主任。

就在我临要离开乡政府的那天清晨，一个披头散发的老太太拄着拐棍敲响了我办公室的房门。我连忙起床把老太太迎进了接待室。一问原因，原来是她没把上个月才娶到家的儿媳妇侍候周到，遭到了儿媳妇的家暴。

那时候的农村还比较落后，农民们又累又苦不说，几乎倾家荡产才能娶回个儿媳妇。因此家家都把媳妇当成了宝贝，通常是儿子、媳妇住宽敞明亮的砖瓦房，老两口住又暗又潮的茅草屋。即便这样，那些花“天价”娶回来的媳妇自持身价不菲，稍有不顺就要找上门，轻者把公婆骂一顿，重者还要打一顿呢……

我老早就想抓个这方面的典型了。这回正好遇到个打骂虐待老人的恶妇，我岂能放过？于是，我喊来了两名治安员，叫他们立马行动，把那个打爹骂娘的恶妇给我抓到乡政府。

治安员很快就把人给带来了。我亲自“升堂”，把那恶妇给狠狠地训斥了一顿。并叫她当场跪下给婆婆瞌了三个响头，承认错误，还叫她写了一大张悔过书，张贴到乡政府的大门口，并通过广播喇叭向全乡的村民进行了宣读。一下子弘扬了正气，把虐待公婆的不正之风给刹住了。

一九八七年九月底，是我到区计生委走马上任的日子。说来也巧，我那天刚到办公室，在翻阅一份报纸时，无意中发现了一条令我喜出望外的消息。那上面讲，开国少将，原中国人民解放军某部副部长乔某某（我的老首长）已予以平反，现居住在西安的大雁塔旁边。

那天，我立马就有了想见到老首长与阿姨和乔燕的冲动。

于是我连忙买了两箱子符离集烧鸡和两箱子“宿县头曲”，连夜登上了一列开往西安的车次……

第二天清晨到达西安后正好是十月一日，我打听了好多人才找到了家住大雁塔附近的老首长家。正在院子里看书的老首长见到我后连忙放下了书本，很客气地与我打了一声招呼。我连忙给他敬了一个军礼，问了一声：“首长好！”

老首长也很礼貌地给我还了一个军礼。并告诉我他现在已经不是什么首长了，叫我千万别客气。

我再次给首长敬了一个军礼：“报告首长，我是你的战士马晓俊，今天特来看望你！”

“噢，你是小马同志……”首长连忙拉住了我的双手，把我上下打量了一会儿，热情地把我拉进了屋里。

我环顾了一下简陋的住处，一边把带来的特产放在了地上，一边向首长打听阿姨与乔燕的情况。

首长一边告诉我阿姨她们去了菜市场，一边与我坐下来，拉起了家常。

那天上午，我与老首长聊得很投机。

七十二岁的他谈到了跟随毛主席爬雪山，过草地，走完了二万五千里。抗日战争时期，他在新四军里搞后勤，还到过我们安徽宿县为部队筹过粮呢。

他还谈到了我当兵时的那个汽车第五团。那也是一支英雄的团队，在抗美援朝战争中，还被命名为“炸不烂的钢铁运输线”呢……

正谈话间，阿姨与乔燕迈进了门槛。她们见到家里突然来了一个“生人”，一时也没认出我是谁？毕竟分别了十六年杳无音信，做梦也没想到是我登上了家门。

“嗯，俊小马！你是怎么找到这儿的？”

还是乔燕首先认出了我，她惊喜地捶打着我的肩膀，像又见到了久别重逢的亲人似的。

吃午饭时，阿姨做了几个拿手好菜，加上我带来的美酒与烧鸡，我们再次聚餐到一起。

老首长一边与我对饮着美酒，一边一个劲地夸我有情有义，这么多年还没有把他们一家人忘记。

已经五十四岁的阿姨高兴得直流眼泪，她一边和蔼可亲的往我的碗里夹着菜，一边说她当年自从见到我的第一面，就觉得我与她们家很投缘，特别的招人喜欢。若不是政治原因，怕连累上我，或许我早就成了她们家的女婿。弄得女儿乔燕都三十六岁了还没能找到称心如意的郎君……

我们谈笑风生的时候，只有乔燕在那儿默不作声，低头不语，似乎有什么沉重的心事……

老首长乘着酒劲，向我提出了一个心愿。他说：“小马呀，燕子当年喜欢你，我与你阿姨更是没说的。既然你没当成我的女婿，我想认你做干儿，也不知你愿不愿意？”

“哦……”

乔燕见我一时愣在了那儿，有点儿不好意思，连忙接过了话题：“你就答应他吧，俺爸一辈子就想有个儿，他特别喜欢你……”

“噢，首长，其实我很小就失去了父亲，也早有此意。只是觉得你德高望重，是一位将军……”

“将军怎么啦？将军也是来自人民。”

老首长愠怒而又慈爱地看了我一眼。

我连忙站起身，面对二位老人鞠了三个躬，发自内心地叫了一声：“俺爸，俺妈，请受儿子一拜……”

“俊儿……”二位老人连忙站起，分别拉着我的一只手臂，高兴得双眼蓄满了泪水……

我在与她们的交谈中，终于弄清了首长一家人这些年来不幸的遭遇与坎坷的经历……

原来，首长受到政治牵连后，在“五七”干校烧了多年的锅炉，直到八十年代才平反落实了政策。乔燕受其影响，也被转业到了地方。随着年龄的增长，由于高不成，低不就的，都加入老姑娘行列了，也没能搞成对象……

我也把在安徽宿州那边当过乡长，如今做计生工作，早已成家立业，还有了一个女儿的情况告诉了他们，也好让他们与我共同分享……

当天下午，我在乔燕的陪同下，一起游览了西安的古城墙与大雁塔。在塔的旁边，我们在一张双人椅上并肩坐下。彼此都向对方倾诉了这些年来的变化和酸甜苦辣。

乔燕虽然已经三十六岁了，但看上去仍像二十七八，仍不逊色当年的“军中之花”。

我埋怨她当年不该与我失联，否则我肯定会等着她。她说那些事儿都已经过去啦，做不成夫妻，以后就做个“红颜知己”吧。

我劝她的年龄也老大不小啦！还是赶紧地找个好人家嫁了吧。她说那就要看缘分啦……

后来，我们又说了许多知心的话……

当天晚上九点钟，我依依不舍地告别了首长一家，阿姨与乔燕把我送到了大门以外的公交站牌下……

自打从西安回来以后，我便投入了紧张又繁忙的计划生育工作。宿北区下辖八个乡，十多万人口。计划生育工作开展起来也相当有难度。值得欣慰的是我手下有八名非常能干的得力助手。我决定仍然采取当乡长时的老办法：发动群众，党员、干部带头，在全区范围内再打一场清理育龄妇女应结扎、上环的战斗。

一九八八年春天，与夫人凤至在那桃花盛开的地方

一九八八年六月的一天，我接到了群众举报：张山乡的一位村支书刚生下第五胎，严重地违反了计划生育政策。

这还了得！这位村支书也太无法无天了，别人只准生一孩，他竟敢生下第五胎，如果是真的，我非得抓他的典型不可。我不敢怠慢，立马骑上我的那辆“飞鸽”牌自行车，带上工作人员，连夜出发去张山乡，处理这一典型的超生事件。

我们找到了那位村支书，他对超生第五胎的事供认不讳。并说小孩是在徐州生的，是个女婴，生下后就夭折了。已经扔到了徐州西郊的一处乱坟地里……

为弄清真相，我带领一名叫张海东的计生干事来到了江苏名城徐州，决定查个水落石出。由于超生者没能提供在那个医院产下的孩子，我们第一天只能在偌大的徐州一个医院一个医院拉网式的查寻着。功夫不负有心人，下午四时左右，我们终于在徐州郊区的一个乡镇医院找到了孩子出生时的记录。医生翻开登记簿告诉我，孩子是三天前生下的，是个健康的女婴，五斤多重。第二天，她们就抱着孩子离开医院了……

我们又连夜返回区里。当我们再次找到那位村支书核实孩子出生以后的下落时。他态度蛮横地冲着我大吼：“不就是多生个孩子吗？死了，扔了！你能把我怎么样？”

不行，这事一定要查个水落石出，活要见人，死要见尸，得给乡亲们一个交代。一向敬业的我也动了真格的。

第二天一大早，我与张干事迎着满天的朝霞，再次出发了。临近中午，徐州上空突然风雨交加，电闪雷鸣，下起了一场暴雨。把我们二人浇成了落汤鸡。

我们倒了好几次车才终于找到了那块乱坟地。远远看去，一座座长满杂草的坟墓凄凉地堆在那里。我们挨个坟头仔细搜寻着。忽然发现不远处有一卷正在微微颤动的东西……

我见有些胆怯的小张不敢上前，便几步跨了过去。发现是一个大约六个月的女婴被裹在一条小花被里。女婴长得很好看，圆圆的小脸蛋，黑黑的头发，大眼睛，高鼻梁，小嘴巴。她见到我时还将小嘴抖动了一下，似乎是要我救救她……

我连忙帮她清理掉全身的污秽和蚂蚁，然后抱起她就飞也似的向不远处的公路边奔去……

我们拦下了一辆大货车。司机见我们是为了抢救孩子，二话没说就让我们登上货车，飞快地向徐州儿童医院驶去……

我把孩子抱到了医院急诊室。医生只是简单地听了听，看了看，便要我们先交二千元，说是孩子可能得的是严重的肺炎，需要住院。

天哪！谁想到能遇到这种事，我们那天仅带了几百元钱，也不够哇。

经交涉未果，我们只得先给孩子吊了两瓶水。在给孩子输液时，我将那条吐的满是污物，用作包裹她的小花被拿到洗手间洗净、晾干。下午四点钟，两瓶盐水终于吊完。我只能抱起重新包好的女婴离开了医院……

等我们乘坐大巴回到栏杆时已是下午六点。我下了车急忙把孩子送到了区卫生院。村民们听说我从徐州捡回个女婴，都纷纷跑来向我向长问短……

有位老大娘一边抹着眼泪一边唠叨着：“马主任，我们都知道你是一个大好人，好人都好报，你就把这个可怜的孩子收养了吧。你瞧这女孩长的多俊哪！”

巧的是，就在这时，躺在我怀里的小女孩似乎懂话似的，半睁着眼睛冲我笑了笑。我一阵子感动，连忙吻了吻她那樱桃似的小嘴。心想着：“好闺女，我认你，咱父女俩的缘分还不浅哩……”

当天夜里，我叫区里派了一辆吉普车，把我与刚认下的闺女送到了市立医院小儿科的病房里，凤至在那儿陪护着又住了几天院，孩子才终于脱离了危险……

孩子出院后，为了方便照看抚养，我又从时村老家接回了老娘。从此，我们家又增添了一位家庭成员，由于孩子长的是小圆脸，所以我们便给她取了个名字叫圆圆。正好与大女儿芳芳配成了对儿。

根据医生的推算，圆圆有可能得的是急性肺炎，大概是因为病得很重，引发了并发症，已经窒息“死”过了一回，家人才把她扔进了乱坟地。也是圆圆命不该绝，那天的一场狂风暴雨又将她激活。雨后正巧又被我们碰到……

是啊！分析得很有道理。我似有所悟地突然想起，这孩子被我发现时，头底下还枕着一根输液管呢……

“我的园园福大命大造化大呀！我可得好好地抚养她……”我在心里默默地祷告她……

如此推算，那女婴已经六个月大，不可能是村支书的女儿了。待我们再次找他谈话时，他终于说了实话。原来，他将刚生下的女儿送给了亲戚。想碰碰运气赌一把，才想出了那个“瞒天过海”的“好”办法。

不久，那位村支书受到了应有的惩罚：除了被开除党籍、免去村支书职务，还要把三千元计生罚款上缴给国家。

几天后的一天上午，突然有一大群人涌到了区委门口。他们先是噼里啪啦地燃放了一串鞭炮，紧接着又是敲锣打鼓，又是吹响了喇叭与唢呐。当那群人来到我的办公室门口时，都一齐停下。为首的两名村干部，一边与我打着招呼，一边将覆盖在两块金匾上的红布揭下。只见其中一块金匾上用隶书字体书写着：“清正廉洁，无私无畏”。另一块金匾上同样用隶书字体书写着：“明镜高悬为百姓，侠骨义胆马青天”。经村干部介绍，那两块价值不菲的金匾，是我排除了艰险，搬倒了那位“超生书记”以后，受到了群众的拥护，村民们自发筹集资金制作的。

村民们筹集资金制作的锦旗

多好的人民群众啊！他们的眼睛是雪亮的，心里是明镜似的，只要你明镜高悬，办事公正，他们就会感激涕零，牢记心中……

中午，为了表达我的谢意。我特意在栏杆街最好的饭店，摆了两大桌宴席，好生地款待了那些可敬可爱的村民们……

扳倒了超生书记之后，全区的计生工作再次出现了大好局面，乡村干部一看我动了真格的，便主动带领亲属去医院做了计生手术，从而又带动了群众……

为了鼓励乡村干部们对计生工作的热情，我还一不做二不休，把征收上来的超生抚育费羊毛出在羊身上。春天买毛毯、风衣，夏天买汗衬、毛巾被，秋天买春秋衫、制服，冬天买羽绒袄、羽绒被奖励给他们……

八十年代的干部还没怎么腐败，很少有受贿钱财的，只是实行大吃大喝，落个肚子圆就可以了。

我也是一个食“人间烟火”的人。各乡的计生专干只要是来区里办事或者开会，我都会摆上酒席，犒劳他们。我到各乡检查工作也是如此，他们只要听说我马主任“大驾光临”，都得备好两桌子酒席，全体干部也跟着借光“撮”一顿。

他们一边与我交杯换盏，一边听我吹着“牛皮”。我那风趣的谈吐和幽默的言语，逗得他们一个个的都直流眼泪……

在座的每个人不但要敬我一杯，还要与我碰上一杯，然后还得再加深一杯，用不了多大会儿就能以种种花言巧语将我灌醉。

有一回，我在某乡检查工作时喝得大醉。在返回的途中越过一处小山坡时，竟然晕晕乎乎地从自行车上摔倒在地，当场就摔了个嘴啃泥。幸亏遇上了两位热心肠的村民，他们连忙用板车把不省人事的我送到了区医院。经过抢救，才转危为安……

我几乎每天都有酒场，有时还要赶两三场。喝得我一嗅到酒味就反胃。可人家请酒又不好推辞，只要到场，十有八九又得喝醉。那种醉生梦死的场合，至今都令我唾弃。

当时就是那种社会风气，不论办什么事都得请客送礼。有人编了一套顺口溜：酒场一座，好像见过，酒瓶一摸，有话好说，酒杯一碰，政策没用，酒杯一端，政策放宽，筷子一拿，没啥没啥，吱溜一响，有话好讲，酒足饭停，不行也行，饭饱酒醉，不对也对，嘴巴一抹，事情办妥。

喝了咱的酒，官大难把威风抖，喝了咱的酒，不想点头也点头，喝了咱的酒，不愿举手也举手。一四七，三六九，九九归一跟我走，好酒！好酒！

革命小酒天天醉，喝坏了党风喝坏了胃，喝得老婆不让睡……

当今的腐败之风，就是从那个时候刮起的……

我那时虽然官不大，仅是一个区的计生委主任。可管辖着十几万人口的计划生育，还是相当有实权的。平时找我办事的人都排成了队，自然少不了送礼的。一到逢年过节，家里收到的烟酒、鸡鱼肉蛋就堆得像小山似的。我除掉留下一小部分外，其余的统统送到食堂去，与区里的同志一起实行“共产主义”。

我还比较灵活地掌握并执行了计划生育政策。比如对那些两孩户，并没有死板教条地非得叫他们去结扎，而是签过不再超生的保证书后就放他们一马。这部分人后来不但没超生，还都对我的灵活做法感激涕零。我在担任区计生委主任三年期间，不但每年都圆满地完成了上级下达的各项计生任务。还连续两年被国家计生委授予“全国计划生育先进集体”。

一九八八年九月，区委为表彰我对计划生育工作做出的卓越贡献，还特别奖励我与凤至去江南度假旅游。我们第一次来到了南京的中山陵、夫子庙、秦淮河，还有那碧浪荡漾的玄武湖……

到了大上海，我们游览了久负盛名的城隍庙，十里长街南京路，还有那灯光璀璨、美丽壮观的上海外滩……最后，我们又来到了传说中的“人间天堂”杭州。尽情地游览了风景如画，美若仙境的西湖……

在“断桥”上，我与凤至还穿上了古代服饰，装扮了许仙与白娘子，留下了一张合影呢……

一九八八年十一月，因岳母病重，我们一家四口又一次来到了凤至的家乡昌图县三江口。那一趟东北之行，我们还专程去了一次内蒙古的通辽，看望了对我恩重如山的原辽河县人事局长花树老哥。

老哥因为有三个儿子，在辽河县没办法都能解决工作，因此便把工作调到了通辽。正好他的老妹子花朵夫妇俩也在那儿工作。

已经有十年多未曾谋面的老哥，见到我在安徽混得不错，官职也已经与他“平起平坐”，还带来了两个如花似玉的女儿和老婆，高兴得从心里头直往外乐。

晚上，老嫂在家里准备了一桌子为我们接风的宴席，还请来了花朵两口子作陪。吃饭时，我不时地打量着花朵。已经三十多岁的她似乎比十多年前还要俊俏，更有韵味了。花朵也不时地用眼睛瞟瞟凤至，又瞟瞟我，看得出她那内心复杂的情绪在通过面部表情不断地变化着……像是欣慰，又像是失落……

花朵的老公叫冯涛，原来与我还是一个年级部的同学。长得身材魁梧，浓眉大眼，赤红面目。据花朵讲冯涛对她是百依百顺，她在家中可享福了。她俩也是一九七九年成的家，儿子都已经八岁了，还说打算过几年再生一个女儿呢……

饭后，我们送走了花朵夫妇。老哥说一晃都分别十多年了，没想到我还能大老远地跑来瞧他。那天晚上，他非要与我睡一个被窝，说还有许多知心的话儿想与我唠唠……

老哥告诉我：他那八十多岁的老父亲已经过世了，临终前都以为他的老姑爷是我，还总吵吵着要见我……我与老哥几乎唠了一个晚上的瞌……

第二天上午，老哥依依不舍地把我们送到了火车站，我们又一次告别了老哥老嫂，在三江口与岳父母又团聚了几天后，才返回了宿州……

一九八八年元旦，凤至由于会讲普通话，被调到宿州汽车站当上了一名广播员。我们的小家也随之搬到了城内的三里湾。房东是位五十多岁的刘嫂，她家有一处四合院。我们租住的是坐南朝北的楼房两间。那天圆圆刚满周岁，由老娘带着，芳芳也上小学一年级了。可就在芳芳入学体检时却发现了问题，医生说她心律失常，心动过速，要我们再给她做一次二十四小时监测心电图。心电图显示，芳芳患的是先天性心脏病。

“严重吗？生命有危险吗？”医生见我们慌张得不行，又安慰我们：“暂时还不要紧，等孩子再大点就可以手术。不过按国家的计划生育政策，像你们这种情况，是可以申请再生育第二胎的。”

一语惊醒梦中人。我连忙打了一份申请生育第二胎的报告，交给了我的上一级计生委领导。

不久，申请生育第二胎的报告就批下来了。凤至也顺利地怀孕了。就在怀孕六个月时，我们做了一次 B 超。女医生眉开眼笑地告诉我们：是一对双胞胎，胎儿发育得非常好。

“什么？双胞胎！您有没有搞错？”

“不会错，是双胞胎。”

“那……”我连忙凑近了女医生，把声音压得很低：“……能告诉我是男孩，还是女孩吗？”

女医生愠怒地瞪了我一眼：“怎么，你一个搞计划生育工作的大主任，也那么重男轻女呀？”

噢，我似乎明白了什么，连忙牵起凤至的手，一边向女医生道别，一边离开了医院……

一九八九年五月九月，是凤至提前即将生产的日子。那天晚上九点来钟，她就破了羊水。我急忙把她扶到附近的一个私人小诊所待产。诊所的陈生平医生四十多岁，是一位市立医院经验丰富的妇产科医生。她让凤至在产床上仰面躺着，并且不让乱动。小诊所挂钟的指针在一分一秒地划过去，可凤至就这样一直躺到第二天下午三点多钟也没有动静。

整整十八个小时啊！她一动不动地躺在那里，既要忍受着阵阵腹疼的折磨，又要咬牙坚持不能翻身子的痛苦。她那一阵阵痛苦的呻吟声，不停地撞击着我的灵魂……

陈医生此时告诉我，凤至有可能是难产。问我咋办？我还能咋办，情况那样万分危机，再送医院已经来不及。

我果断地告诉陈医生："哪儿也不去，就在你这里生。"

陈医生瞄了一眼我坚定的目光，接生的信心更加坚定……

大约三点四十分，第一个长着茂密黑发的小脑袋终于露了出来。可与小脑袋一起露出来的还有两只小脚丫。哎呀，我们都惊讶地憋住了呼吸，这可不是一般的难产啊。陈医生不断地让凤至用力，用力，再用力。凤至紧紧抓住我的双手，经过一阵大呼小叫，拼命挣扎之后，随着一阵清脆的啼哭声，一个女婴终于呱呱落地。早已等在一旁的赵嫂和我侄媳妇刘云急忙拿出一条小被把孩子包起来。并用一束绿布条把被子捆紧，做了标记。

赵嫂抱起女儿，端详了一阵子，笑眯眯地夸奖着："这女孩长得天庭饱满，天格方圆，多俊哪！又是跪着生的，听上辈人说，凡是跪着生的女孩都是贵人转世，一辈子都有享不尽的荣华，受不尽富贵呀……"

"都差点把她妈给弄死了，还大福大贵呢。"我瞪了女儿一眼，在心里暗暗地骂着……

众人以为我嫌弃生下的是女儿，都纷纷地批评我重男轻女。

其实，我当时哪还顾得上计较什么男女呀！只盼着凤至能平安无事。

隔了漫长的十七分钟，又一个孩子诞生了。本来大家都以为又是个女婴，因为产前妇检时，做B超的女医生告诉怀的是同性双胞胎。结果，令在场所有人意外、惊奇的一幕出现了……只见那个小生命仰脸挺胸地缓缓降生下来，下半身居然还挺着个“小鸡鸡”。

“是个男孩，带把的”。赵嫂不由自主的第一个报喜。刘云也喜出往外地告诉凤至：“老婶，恭喜你！是个公子哩。”

我激动的流下了热泪，把凤至紧紧地拥在怀里。有些语无论次：“老婆，你辛苦了，你是我们老马家的功臣。我代表八辈祖宗感谢你……”

就在两个孩子出生后的一九八九年七月，我人生中的第一场噩梦便开始了。

那天上午，我一位朋友的妹妹小贾到宿北区找到了我。要我帮她推销农药，并带来了好友写给我的便条。这点小事我很快便办妥。中午吃饭时，为避免别人误会，我还叫来了两位同事作陪。

那天的天气热得出奇，我才喝了半斤白酒就有些迷迷糊糊的。酒足饭饱后，我看了一下表，距四点钟开往城里的大巴还很早，于是我让小贾先在外面逛逛，待到三点半钟再到办公室喊我。

我晃晃悠悠地回到办公室，便立马躺到了双人沙发里……

也不知过了多少时晨，忽然觉得有人在晃动我。“马哥，马哥，你醒醒，你醒醒呀！”

我疲惫地睁开蒙胧的双眼，见是小贾，连忙问：“到时间了吗？”

小贾指着门口：“你看，是他们……”

噢，原来是区委副书记带着几个人堵住了我办公室的门。看那架势，似乎如临大敌，把我当成了“阶级敌人”。

我有些丈二和尚摸不到头脑，还以为区里又有什么事需要我去处理呢。

我吃力地从沙发上站起来，问副书记：“有事吗？”

副书记给派出所的人使了个眼色，指导员很严肃地要我跟他们去一趟派出所。

直到这时我都没清醒，还以为那些人是在捉弄我，又来敲我的竹杠，要我请客呢……

他们把我带到了派出所，要我交代与小贾的男女关系，还问一共“干”了几回？直到现在我才明白，他们这是要对我动真格的，在故意整我呢。

可我也是抗过美援过越（七零年往越南运送过军火），天安门前出过操，卢沟桥下洗过澡，唐古拉山抛过锚（到那儿拉练）的，并不是好惹的。便没好气地叙述了一遍事情的经过……

一位姓吴的副所长一拍桌子，居然斜棱着眼睛挖苦我：“我说马大主任，你说的这些谁信哪，哄三岁小孩子哪！一对狗男女大白天的关到一个屋里能不干那事？”

我也震怒地擂了一下桌子：“姓吴的，咱们每人都是一间办公室，难道男女在一间屋就非得干那种事吗？难道你的姐妹到你办公室，你也会乱伦吗？”

我仗着酒劲，口无遮拦，压根就没把他放到眼里。

此时的吴副所长也失去了理智，居然拿来了一副小指铐，把我的两个大拇指铐到了一起，并扬言还要让我第二天游街示众去……

就在此时，派出所的张所长来到了审讯室。还把当事人小贾也带来了。张所长瞪着眼睛命令吴副所长：“快把那个吊玩意打开，马主任是一名共产党员，你岂能这般无理？别说他们还没什么，即使有也只是违纪，并不构成犯罪，也轮不上你在这儿放肆！”接着他又让小贾讲述了事情的原委……

原来小贾逛了一会儿街感到口渴，便回到办公室喝了一杯水。她看到我躺在沙发上睡得正酣，便关上房门，边看报纸，边等时间……

没想到她进来的一幕被一名办事员看到，那小子曾因为超生被我处理过，正想找机会报复我，这回正好被他碰到了。于是他立马就跑到副书记那里将我举报，碰巧这位副书记平时又与我那当区委书记的姐夫不和，也正想找个机会“修理”我。这回终于被他们“逮”了个正着……

哎呀！这政府部门也不平静，当官的也在互相的斗啊！他们这一斗不要紧，我倒成了牺牲品。还有我干的那种结扎上环，断人家子孙的计划生育工作，也招人恨哪！这不，也是它给我惹的祸……

为了澄清事实真相，我还叫小贾先回避一下，当着他们的面打开了裤门，露出了才刚做过包皮手术两天的生殖器，那上面还包着未能拆线的纱布呢。

事实胜于雄辩，张所长当场就代表所里向我与小贾赔礼道歉。

这还没算完，小贾回到城里后，又把派出所投诉到公安局。气得局长亲自跑到宿北派出所又把那几个人给训了一顿，骂他们是“狗拿耗子多管闲事，成事不足败事有余，尽让别人当枪使……”

人往往就是这样不理性，墙倒众人推，鼓破众人擂。平时好好的，说变脸就变脸，就拿派出所的几个人来说吧，他们平时也没少吃我的，喝我的，见到我也总是点头哈腰的，可遇上点破事就立马翻脸不认人……

俗话说祸不单行，我的第一场噩梦结束才没有几天，第二场噩梦又紧接着上演。

一九八九年八月初，因我担任区委书记的堂姐夫平时工作作风强硬，得罪了几个区委成员，他们就合起伙来联名诬陷堂姐夫贪污公款。并且拔起萝卜带出泥，说我也有重大经济问题。还说在宿北区发现了两条“大鱼”。

这下可惊动了有关衙门。他们分别派出了精兵强将，决定先从我这位“马国舅”身上打开缺口，然后再收拾我的堂姐夫。

于是一支由区纪委牵头的调查组成立了。他们于一九八九年八月六日首先宣布对我实行“隔离审查”，就是只能吃住在办公室，不准出区委大门，不准接触任何人，老实交代“犯罪事实”。

既然是审查账目那就审查吧。于是，我把任职几年来的收支账目和剩余的一千多元钱全部交给了调查组。可他们根本就不看这些，而是在区委大门口张贴公告，内容是：……马晓俊已被隔离审查，凡是送给他钱款的，一律来区调查组登记，调查组予以加倍退赔……

这下可热闹了，前来登记的人几乎排成了队。有说送给我七百的，也有讲送给我一千的……仅几天工夫就登记上来十多万元。

天啊！这在当时可不是个小数目啊，一但坐实都够判无期徒刑了。

调查组找我核实并交代问题，我理所当然地予以否认。只承认经手了一万四千多元，支出了一万三千多元，还剩下一千多元，已经全部交给了他们。调查组负责人是位建国初期就参加工作的老纪检。据说他“整人”有瘾，每经手一个案子下手都特别狠……

那天，他提审我时，把桌子拍得啪啪响，瞪着血红的眼睛骂我“死猪不怕开水烫”。

我也把桌子擂地响当当，指责他们纪委为什么办经济案件不给算账……

我被“隔离审查”的消息像风儿一样传遍了全区的每个乡村。令人欣慰的是，在我被“隔离审查”的三十三天里，几乎每天都有乡村干部、村民来到区委大院我的办公室探视。他们还带些我喜欢吃的熟牛肉、烧鸡、水果之类……

调查组一开始不允许探视，他们就与其论理：“……怎么的，马主任不是还没进去吗？即使蹲了大狱，也得允许我们探视……”

也有的村民白天不敢进区委大院，就等到夜里从围墙上翻过来，他们鼓励我一定要坚持住，并相信我是清白的……

但也有的同事听说我出事了，见到我总像躲瘟疫似的。

有一天上午，我在区委院内遇见了一位曾在乡里一起工作过的同事，刚主动打了一声招呼，吓的那人一边摆手，一边跑的跟兔子似的。

我每次去厕所方便或到食堂打饭，如果正巧路过某位同事的门口时，对方也吓得急忙关上门，生怕我身上的“瘟疫”扑过去似的……

在对我“隔离审查”的那段日子里，我真正悟出了一个道理。那便是：当你站在顶峰时，有多少人仰望你，当你落到谷底时，又有多少人贬低你。利益吸引，有多少人追随你，好处断尽，有多少人抛弃你。用得着你的时候好话说尽，不再用你的时候立马转身。喜欢你的时候，你就是颗最亮的星，远离你的时候，你就是处最差的景。现实的社会，善变的人心。有用你就是一块宝，没用你就是一棵草。世态是多么的炎凉啊……

人啊，一旦失去了自由，那是特别孤独的。开始几天，我听听音乐，看看报纸，倒还没有什么。可几天过后，我便开始思念老娘、凤至与儿女。每当我寂寞或想念她们时，就捧起那张“全家福”，端详了一遍又一遍，眼泪不知不觉就流了一脸……

我是个非常孝敬老娘，热爱老婆孩子，又很顾家的男人。

每日思念亲人的痛苦，时刻都在折磨着我……

就在我思念亲人，备受煎熬的日子里，凤至突然抱着刚三个月大的龙儿前来探视。陪同探视的还有凤至的东北老乡张莉。我连忙接过戴着一顶小太阳帽的龙儿，把他紧紧地抱在了怀里，亲了又亲我那上天赐给我的心肝宝贝……

两天后，令我感到意外与欣慰的是，我的老战友乔燕也突然出现在我的办公室里（我是在办公室被隔离审查的），并且还从西安给我带来了许多好吃的。

我惊喜地连忙给乔燕倒了一杯水，问她怎么会突然来到了我这里。

乔燕关切地询问了我的“案情”和近况后，便向我娓娓的道来了她此行的原委……

原来，乔燕就在上一年被提升为厂工会主席，不久前又处了一个对象，那几天在准备结婚时，突然想起了我，于是便想让我去西安参加她的婚礼。

哪知道就在她两天前将电话打到了办公室找我接听时，秘书却告诉她我正被“隔离审查”呢……

听到我被“隔离审查”的消息，乔燕犹如听到了一声炸雷，于是她连夜便赶到了我这里……

中午我从食堂打来了两份饭菜，就在办公室里与乔燕边吃边聊起来。

她告诉我：她找的那位是个成过家的技术员，比她还大了一整圈儿（十二岁），是个老实本分，没啥情趣的小老头儿。本不是她心目中的“白马王子”，但考虑到自己的年龄已奔四十，也只能如此……

她还含情脉脉地向我表白：她这些年来始终对我难以忘怀，找另一半时总想觅到一个像我这样的，只可惜我又没有孪生兄弟……

唉……望着乔燕那双充满了渴望而又失望的眼神，我还能说什么呢？一想到我这位曾经的恋人，开国将军的“千金”，当年的“军中之花”，将要插到一堆牛粪里，我这心里真他娘的不是滋味……

下午乔燕就要返回，我由于身不由己，既无法将她挽留，也不能为她送别。

临别时，乔燕掏出了一个纸袋，轻轻地装进了我的衣袋里，然后抱住我并将头埋在了我的怀抱里，她呜咽着告诉我：那是一千元钱，是她与我干爸、干妈的一点心意，让我收下应应急，因为我身现囹圄，家里边还有老娘，老婆与孩子们需要抚养呢……

乔燕还说了一些安慰与鼓励我的话，才依依不舍地走出了区委大门……

就在我挨整的那段日子里，我的一对龙凤胎儿女还不足百日，凤至知道了这些，所承担的痛苦可想而知……她每天既要按时上班，又要操持家务，还要照顾四个儿女。当时幸亏有老娘健在，帮助带圆圆和一双刚出生不久的婴儿。

有一次，老娘不知从哪里听到我被“隔离审查”的消息，又好久没见我回来，便以为我被投进了大狱。于是，她便用最古老的方式，面朝南跪下给老天爷磕了三个响头，嘴里念念有词："老天爷呀，你就开开恩吧，把我那无辜的儿子放回来吧。你睁开眼瞧瞧，我们这一家子老的老小的小可怎么活呀。你就发发慈悲吧，求求你啦……"

老娘的祷告似乎还真的起到了作用，就在我被"隔离审查"三十三天后的一九八九年九月九日，调查组解除了对我的审查，我终于又回到了家。

那天傍晚，我刚一走进大门，正在院子里带着三个孩子玩耍的老娘便看到了我。老娘那年已经七十五岁了，她眨动着一双昏花的泪眼，不停地自语喃喃："是晓俊回来了吗？是晓俊吗？我的儿啊！你可总算回来了呀……"

她松开推着婴儿车的双手，不停地抚摸着我的胳膊，慈祥地打量着我，关切地询问着："儿啊，你没事吧，他们没打坏你吧？这都是老天爷在保佑你呀……"

我拥抱着老娘，两眼蓄满了泪花，不停地安慰她："娘，没事，真的没啥事，我这不是好好的嘛。"

我首先抱起了正在院子里玩耍的圆圆。圆圆那时已经有二十个月大了，半年多以前就会叫爸妈了。懂事的闺女被我抱起来以后，一边不停地喊着："俺爸……"，一边用那双脏兮兮的小手为我擦拭着我满是泪痕的脸颊……

我与圆圆亲热了一阵子之后，又抱起婴儿车内才四个月大，眨动着一双双小眼睛，一直瞪着我看的一对小宝贝，并贪婪地亲吻着他们……

就在这时，刚下班的凤至和刚刚放学的大女儿芳芳也回来了。芳芳亲热地拉着我的胳膊，不住地向我表白："俺爸，你这些日子没在家，我考了好几个一百分呢……”

凤至见我回来了，激动得直抹眼泪，不住地喃喃自语：“他们这些日子不让你回来，家里就像塌了天似的，我都快要愁死了……”

就这样，我们一家七口人终于在我的人生遭遇三十三天劫难后，又幸福地团聚在一起……

午夜，凤至见我躺在床上总是唉声叹气，翻来覆去地不能入睡。心地善良，善解人意的她为缓解我的思想压力，便温柔地对我说：“俊，你也别太在意，人生哪能都一竿子插到底？你放心，如果他们开除了你的公职，我来养活你。我每个月还能领回一百多元的工资，只要咱们一家人能团聚在一起，宁可吃孬些也愿意。到时候，娘和孩子们吃干的，咱们两个吃稀的……如果你被投进了监狱，我会带着孩子们常去看你，我们会在家里等你……”

多么温馨又实在的枕边风啊！一阵阵吹得我直流眼泪。此时的我一阵子感动，把她紧紧地拥在了怀里……

其实，我被解除“隔离审查”放回家是有条件的。他们给我拟了个《关于马晓俊同志开支发票的处理意见》的文件要我签字。文件的内容是这样的：据区调查组核实，马晓俊同志应上缴财政款 14611.08 元，马晓俊于 89 年 8 月 23 日交出 88 年 1 月至 89 年 7 月因公开支发票（金额 13000 多元）。根据区原授于计生委 100 元以下的开支权力，100 元以上需经主要负责人同意的原则，经初步审查，基本属正常开支并属实。鉴于马晓俊案子尚未结束，开支发票被封存，建议马晓俊将所开支未报的款项先由本人垫付全部上缴区财政，待结案后凭原发票(含行息）一并退还。

这样的处理意见，对我又是一场巨大的劫难。要知道那时候的一万多元钱，可是响当当的“万元户”啊！那些我经手的一万三千多元本来已经因公支出了，可调查组却以发票被封存为由，硬要我先垫付上这笔钱。这不是明目张胆地巧取豪夺，把我往死里整吗？可如不同意他们的处理意见，他们又对我“双规”起来没有个完。

这时，我那泥菩萨过河，自身难保的堂姐夫也过来劝说我，他要我宁可叫钱吃亏，也别叫人吃亏。于是，为了能尽快地恢复自由，与家人团聚，我咬咬牙，最终还是在那份强加给我的“处理意见”上签了“同意”二字。

回家后，我与凤至讲了事情的经过，她不但没责怪我，反而安慰我：“财去人安也好。”

第二天，我从银行取出了我们积攒了十多年的一万多元血汗钱，把它上缴给了区财政。那可是我们指望它养活全家老小的全部积蓄呀……

不久，我那担任区委书记的堂姐夫结案了。结论是非常清白，没有任何经济问题。而我的结论却遥遥无期。

上级把原来整我们的几个区委成员有的调离区委，有的就地免职。理由是这些人污陷领导，钩心斗角，不干工作，唯恐区委不乱……

而我呢，由于上级对我的经济问题迟迟未作结论，只能白白赋闲在家带几个年幼的儿女。

一九九二年春天，我赋闲在家带着一对龙凤胎

一九九二年五月，区委经过近三年的审理，终于对我所谓的经济问题作出了结论。他们认定我贪污五千九百元人民币，把我给开除了党籍，并移交到检察院处理……

可检察院认为我“贪污”的标底太低，不予受理……

这可咋整？为了澄清我所谓的犯罪事实，我决定豁出去，三番五次地找检察长要求立案。检察长很好奇，他眯着眼睛，漫不经心地问我：“我说小马呀，我倒是奇了怪了，别人跑到我这里都是求我不予立案。而你却多次跑到我这里硬要立案。你是不是神经出了问题？难道你真是被冤枉的？你可要考虑清楚了，如果立案后查出你真有问题，那可是要判刑的……”

“我懂，我懂，我知道这是一步险棋。可你们若不受理，我还能到哪儿申冤去？我相信你们检察机关的办案能力。若查出我真有问题，我愿意承担法律责任……”

检察长见我态度如此坚决，最终表态：“那好吧，我们院自成立以来还从没遇到过像你这样的新鲜事呢……”

回到家里，凤至听说我找上门硬是让检察机关给立了案。气得老是埋怨：“你疯了还是吃了熊心豹子胆了？那是个什么地方呀，你若再被冤枉一回，我们娘几个可咋办呀……”

事实证明，检察机关办案是科学的，公正的。他们并没有像纪委那样，办案不采取算账方式，还到处张贴通知，发动群众揭发我所谓的经济问题。而是采取科学、公正的正常方式，把我因公开支的一百多张票据逐一核实……

一九九三年四月三日，宿北区人民检察院终于对我的所谓经济问题重新做出了结论：原xx纪委移送马晓俊经济问题一案，经我院审查认为，马晓俊的行为不构成犯罪。故依据刑诉法第六十一条之规定决定不予立案。

特此通知。

负责查办我案件的范检察官愤懑地向我说明了案件的真相。他告诉我：“……他们这是在往死里整你。哪有办经济案件只算收入不算支出的？一个本来三天就可以结束并不复杂的小案件，他们竟然办了接近三年，还花掉了国家上万元的经费。而且还要你自掏腰包，把因公花出去的钱垫付上，这是什么逻辑？你因公开支的那些票据，经我们审查全部都是真实的。你是我们院自建院以来查出的第一例清官哩……”

范检察官那一席慷慨正义的表白，感动得我直流眼泪……那天，我揣着检察院给我下达的《不立案通知书》，高兴地一边往家里走，一边哼唱着革命样板戏：临行喝妈一碗酒，浑身是胆雄赳赳……

回到家里，当我把这个天大的喜讯告诉了凤至与老娘时，全家人喜极而泣，觉得总算盼来了出头之日，高兴地拥抱在一起，流下了幸福的泪水……

当天晚上，我兴奋得久久未能入睡……我觉得检察院总算为我伸张了正义，我又可以回到党的怀抱里……

第二天刚吃过早饭，我就来到了区纪律检查委员会，找到了纪委书记。并给他们看了检察院下的文，要求为我恢复党籍。

纪委书记要我把检察院下的文和我要求恢复党籍的报告先放在他那里，待研究研究再给我消息……

一个星期后，我再次来到了区纪委。纪委书记告诉我：还不能为我恢复党籍。他们仍然认为我有经济问题。

我以理据争，问他们为何检察院认为我没有问题？

书记仍在狡辩：那是因为检察院办案的方式不对……

我义正词严：……明明是你们办错了案，就是不肯承认。哪有查账光算收入，不算支出的？你们纪委才不会办案呢？

我大概是“冒犯”了纪委书记。只见他把桌子一拍，指着我的额头大声吼起来：“我就是要定你有经济问题，不服你可以找上边去……”

性格倔强的我也摔了一下板凳，针锋相对地喊了一声：“去就去！”

几天后，我筹集到了去北京的路费。在北京的一条胡同里，我找到了中纪委的有关部门。一位副主任看了我的申诉后，对我的遭遇表示了同情与重视。但他同时也表示中纪委不可能亲自到安徽为我复查案子去……

于是那人为我开了一份公函，把我转给了中共安徽省纪律检查委员会，要求省纪委认真复查，澄清事实。

我抱着一线希望，又从北京乘上开往合肥的列车，连夜赶到了省纪委。在省纪委的接待室里，一位工作人员很干脆，他如法炮制了中纪委的做法与指示，直接把中纪委的函件收起来，又换成了一份省纪委写给中共宿州市纪律检查委员会的。就这样，我又被转到了宿州市纪委……

这时候我带的那点可怜的经费已经告急，只够回到宿州的半票路费，可我又不是残疾军人，也不可能享受到半票的待遇，此时的我已有一天多滴水未进，肚部长（胃）饿得咕咕的……

这可咋整呀？我思来想去，觉得还是应先解决温饱问题。

于是，我找到了一家小饭店，看到里面的几伙人正吃得津津有味，我被急得直嘎巴嘴……

大约十多分钟后，我终于等到了时机。有一伙人离开了座位，那桌子上剩下的残汤剩饭足够填满我肚皮的。

于是，我连忙冲了过去，像巴狗子逮不着剩饭似的端起剩下的饭菜，就连吃带喝的……

我吃饱喝足后又来到了长途汽车站。碰巧那趟开往宿州的大巴车司机是我家的邻居，我这才享受了半票的待遇……

次日上午，我又找到了中共宿州市纪律检查委员会，把省纪委的函件交了上去。

真没想到，他们的办案方式如出一辙，又把我要求恢复党籍的申请转回到原来的纪委……

这也太搞笑了，为了恢复党籍，我被人家从北京转到合肥，又从合肥转到宿州，最后又被转回了原地……

也许这就是他们办案的程序。

我只得又找到了区纪委，再次要求他们恢复我的党籍。可想而知，那会是怎样的一种结局……

几天后，仍然还不死心的我又找到了检察院。想让他们再找找纪委，为我“美言”几句。

检察长连连摆了几下手，大脑袋摇得像拨浪鼓似的……

他说：“小马呀，你最好还是别再给我们院出难题，我们已经在检察院的权限内给你作过结论了。至于党籍问题，你还是得找纪委解决去，虽然说我们两家是平级，但我们也不敢得罪纪委……”

话都说到这个份上了，我还能怎么着呢？该找的人也找了，该跑的地方也跑到了，我已经尽力了……

从此以后，我虽然不是一名共产党员了，但我还可以把党装在我的心坎里，继续为壮丽的共产主义事业而奋斗终生哩……

第二天一大早，我就乘坐公交车前往宿北去上班。他们已经剥夺了我近三年为党和人民工作的权利。人生又有几个三年，多大的损失啊！那时的宿北区经过撤区并乡，机构改革，已经划分为宿北镇、老汪湖乡两个乡镇。

撤区并乡时我被分配到老汪湖乡。当我到乡政府找到乡长、书记报到，要求安排工作时，他们都很为难地告诉我，乡政府人员已严重超编，根本就没办法安排我的住处与工作。我只得回家待岗，继续带我的孩子去。

那时，芳芳已经十多岁了，在实验中学读书。圆圆也五岁了，上了幼儿园的大班，凤儿与龙儿也已经四岁，上了幼儿园的中班。

刚开始，我只是在自行车的座前安上一个小竹凳，每天带着龙儿到处转。平时由老娘带着的凤儿与圆圆也很想坐上那辆自行车，跟我出去玩，可那得等到龙儿睡了才能实现。不然，若被他发现，就得满地打滚，闹起来没完。

每当这时，老娘就总是站在两个女儿一边，骂我偏心眼，只珍惜龙羔子，不心疼凤凰蛋。弄得我哭笑不得，左右为难……

我只得在自行车的后坐上又绑上了一块长木板。这样，前面坐着龙儿，后面坐着凤儿与圆圆，这样我就可以带着他们往返幼儿园或到各处游玩……

后来，他们上了小学，我仍然用这种方式，接送了他们好几年。并且还为他们编了一首儿歌："骑上我的个自行车，咚咚咚，咚咚咚，前面驮着马凤龙，后面驮着马龙凤，还有一个马圆圆，去上（放）学，去上（放）学……"

我每天悠闲地哼唱着这首自编的儿歌，按时地接送他们上下学，经常逗得孩子们咯咯直笑……我也从中收获了天伦之乐……

三个孩子都很爱吃羊肉串。我那时尽管被整得很穷，但有时也带上他们去吃点。当时的三元钱能买到六串，我给她们每人分两串。每当看到他们吃得津津有味时，我的心里比吃了蜜还甜。孩子们有时正吃着吃着，忽然发现我没有吃时，就争着把手里的羊肉串硬往我的嘴里填……

我那时候爱喝酒。但由于经济拮据，只能偶尔买每瓶一元八角的“灵璧大曲”。为了节省，我一个月才喝一瓶。家里偶尔吃一回肉，我与凤至也总是让老娘与孩子们吃个够，我们自己啃骨头……

后来为了生计，我在菜市场摆了个水果摊。这样不但可以赚取点生活费，孩子们放学后也可以到水果摊上一饱口福，打打牙祭。

有时候我也到各个小区收收破烂，三个孩子都喜欢坐上我的破三轮车，跟着我出去玩。我几乎每次都带上他们，一边收破烂，一边到处转……

在那段艰难困苦的岁月里，由于有孩子们的陪伴，我倒也过得充实、浪漫……

按照原来的约定，我当年垫付的一万三千多元因公开支款，这个时候应该连本带利予以返还。可我每次找宿北镇政府领导讨要，他们均以财政困难为由，要尽无赖，拒绝返还。

十三年后的二零零二年春天，我将宿北镇人民政府告到了法院，法院判决镇政府应返还本息四万多元。可镇政府却抗法不遵，还是不愿意还钱。

那时候的我，工作得不到安排，当年的垫付款又讨不回来。一家人只能靠我摆水果摊和凤至那点微薄的工资艰难度日，还要被房东们撵来撵去。有时租了一套房子还没住上半年，房东就会撵我们滚蛋。因为房东要涨房租，可又不明说，只得一次又一次地把我们撵走……

一九九三年四月的一天上午，圆圆险些走丢了。起因是一位姓余的房东又要收回我们租住的房子，撵我们搬走，我与凤至只得再找安身之处。那天老娘在家带着龙儿与凤儿，我与凤至带着圆圆来到了不远处的菜市口，很快就租好了两间门朝北的临街南屋。

房子租好后，就在我到附近批发蔬菜，凤至牵着圆圆与别人闲聊的工夫，也不知五岁的圆圆何时抽出了小手跑丢了。

这下可出大事儿了，受到惊吓的凤至顿时急火攻心，两眼失明，瘫坐在街中央捶胸顿足的又号又哭："圆圆啊！我的闺女呀，你跑到哪儿啦，都怪妈没有看住你呀，我不活啦……"

她一边自责地哭天喊地，一边还抡起巴掌抽打着自己。那一阵阵撕心裂肺的哀号声，令过往的行人无不动容。

我当时也急得像是热锅上的蚂蚁，两眼通红，眼冒金星，骑着自行车东南西北地乱找一通，也没见到圆圆的踪影。这可咋整啊？我只好又回到了丢失圆圆的菜市场，眼瞅着凤至仍在那儿捶胸顿足的形象，心里就像万箭穿心一样。此时此刻，似乎有人指点我"往东找……"

对，往东找……我再次跨上了自行车，一路朝东，逢人就打听……

终于，一对迎面而来的中年夫妻告诉我，看到了一个小女孩，好像迷路似的一边哭一边往东跑……

噢，这孩子肯定就是圆圆了，我顿时像打了一针吗啡一样，两眼放光，使劲地蹬着自行车……

就在距京沪铁路五十米的地方，我忽然看到圆圆正席地坐在一处大树旁，一边拍着小腿，一边无助地哭喊，并不时地寻觅着周边，盼望着亲人的出现。

“俺爸啦……俺妈啦……”她那一声接着一声嘶哑而又凄唳的哭喊，似乎在撕裂着我的心肝。

“圆圆……”我把自行车支到了一边，激动得扑到女儿面前。

“俺爸……”圆圆终于等来了亲人，像遇到了救星一般。

我一下子抱住失而复得的圆圆，赶紧将她放在自行车上，然后骑上去飞也似的驶向了菜市场……

当我带着圆圆出现在仍瘫在地上，几乎绝望的凤至身旁，她就像是一只护羔子的绵羊，疯了似的将圆圆抢在了怀里，嘴里不住地唠叨着：“圆圆……我的好闺女……你可回来啦……”

唉，可怜天下父母心哪！

圆圆小时候多灾多难，就在丢失找回来的第三天，又是咳嗽又是喘，一量体温居然发高烧三十九度三。我与凤至急忙把她送到了市立医院，医生讲孩子得的又是急性肺炎，需立即住院，但得缴押金三千元。

天哪，家里连吃饭都成了问题，还上哪儿去弄三千元钱。我无奈地与流着泪水的凤至交换了一下眼神，突然冒出了卖血的打算。于是我问医生哪儿有献血的？医生用手一指，告诉我血液中心站就在医院的旁边。

我连忙又跑到了血液中心站抽了800cc血，卖了一千六百多元，给住院部点头哈腰地说了一大堆好话，这才勉强住上了医院……

那几天我由于“献”了800cc血，总是心里发慌，走路打战。但为了养家糊口，还得硬挺着身板去菜市场摆摊把钱赚……

唉，老子都革命二十多年了。不但好事没沾边，反而被一小撮心术不正的小人们整得地无一垅，房无一间，还成了一个名副其实的穷光蛋！那时，若不是宿北镇人民政府非法吞掉了我那笔血汗钱，我完全可以在城里置一处四合院……

可当下老娘需要我抚养，孩子们在一天天地成长，我确连个遮风挡雨的窝都没能给他们弄上。我越想越觉得自己窝囊。于是，我开始有了创业经商的梦想……

第六篇

艰辛的创业人生

可创业经商得投资呀！凤至的那点工资和我摆地摊的微薄收入连维持起码的生计都不够，哪儿有钱去投资。于是，我想到了一个买空卖空，“空手套白狼”的办法。就是得找到卖方的货源后，再找到买方去洽谈，充当中间人，从中提取中介费。可那些生意人一个个都猴精猴精的。他们见利忘义，根本就不守诚信。每当我费了九牛二虎之力为他们搭成一座座桥梁时，他们不是一脚将我踹开，就是耍无赖，玩失踪地躲起来……到头来，我不但没捞到半毛钱的好处，还白白搭进去两条自行车轮胎……

一九九三年九月，凤至的大哥来信告诉我们，她那七十八岁高龄的老父亲和家人都非常想念我们，很想见见还没曾谋面的龙儿和凤儿。考虑到凤至已有六年未曾回去省亲，一九八八年岳母病故时都没有告诉我们。于是，我决定把一年来收破烂和摆水果摊赚的一点钱拿出来，带着老婆孩子回去省亲。顺便又进了一些男女时装，打算到东北练练地摊。

到了东北凤至的家乡以后，我把她们娘儿仨安置在孩子大舅家，第二天就扛起几十套时装的大布袋来到了我曾经工作过的辽河县服装市场。

“来来来，快来瞅瞅吧，这可都是从大上海进来的正宗品牌呀。小伙穿上精神百倍，姑娘穿上婀娜多姿……”

我一边扯着大嗓门吆喝着，一边抖动着那些时装，不大会儿就引来了一群男男女女。由于我带来的时装在当地很新颖时尚，人们试穿着，称赞着，争相购买着，很快就把那天带去的几十套时装卖得精光。

次日，就在我再次来到服装市场刚刚摆好地摊时，人群中突然冒出来两个混混。一个自称是在道上混的光头家伙说我是外地的，要交给他们五百元的地皮费，否则就得滚一边去。我先是给他们每人点上一支香烟，然后又递过去两张五十元的钞票，并且赔着笑脸：“我原来也是咱们辽河县畜牧局的，两位高抬贵手，这点小钱先买两瓶酒……”

“噢，你不是马晓俊吗，我咋看你这么面熟呢，我姓刘，叫刘奇，你忘啦，咱们还是老同学呢。”

“呵呵……闹了半天，咱这是大水淹了龙王庙哇，咋就这么巧呢，会在这儿遇上你。”我与刘奇套着近乎，并续上了关系。

“老团长，真不好意思，千万别怪罪小弟，我做梦也没承想会在这儿遇到你。今天中午我做东，专门为你压惊，赔罪……”

刘奇边向我忏悔，边将那两张五十元的人民币又重新装进了我的衣兜里……

那天中午，刘奇召集了十多位同学在辽河饭店与我相聚。并特意喊来了红桃与我坐在了一起。红桃那时已年近四十，但看上去依然风姿绰约，成熟美丽，还是一位市委组织部的副部长哩。

分别多年的同学们不解地询问着我的近况："头几年就听说你在安徽那边当乡长，怎么如今又跑到这边练上地摊了？"

同学们的疑问正一针见血地触到了我的疼处。我不忍心让同学们知道他们心中偶像的落魄现状。于是，就在给同学们敬酒时，撒了个弥天大谎：说我仍在安徽当乡长。我们乡的乡镇企业正在与上海的一家企业联合生产服装，我这次来辽河，主要是想考察与占领当地的服装市场，还有劳在座的各位同学多多的帮忙……

我那一番天衣无缝的表白，果然打动了在座的各位同学。他们非但没有怀疑我是一只已经落了水的凤凰，还说我是个一心为民的父母官，对我又是点赞，又是夸奖……

当天晚上，应红桃之邀，我们又一次来到了已经离别了二十四年的母校，辽河一中的操场。刻意打扮了一番的红桃，脖子上还围着一条火红色的围脖。我们在凉亭里坐定后，她首先让我摸了摸那条围脖，并告诉我还是我入伍时送给她的呢，至今已经二十多年了，她还一直保存着。

我们贪婪地欣赏着悬挂在万里晴空中的一轮明月。银色的月光洒满了整个校园操场，东北九月的气温已稍微有点儿凉，习习的秋风不知从哪儿给我们送来了阵阵花香……

红桃首先打破了寂寞与尴尬，问我还记不记得这个地方？我茫然回忆了一下，回答她："……这里好像是我们上学时常来约会的地方。"

红桃似乎有些激动，又有些触景生情地回忆着："噢，谢谢你还记得这个地方。这里还是我那一年送给你《毛主席语录》，给你传情，向你求爱的地方，我这一辈子都不会忘。只是后来阴差阳错，让你我没能走到一起，各自又另选了新郎与新娘……”

那天晚上，在那个秋月当头，风儿习习，阵阵花香的地方，我与红桃都情不自禁地回忆着我们初恋时的美好时光……

当红桃听到我在安徽宿州那边挨了整，被冤枉的悲惨遭遇时，顿时杏眼满睁，为我愤愤不平：“……他们这样整你太不公平。像你这么优秀的干部，早就应该当上县长……”

她捋了捋被微风吹的有些凌乱的头发，稍又沉思了一下，忽然告诉我：“你愿不愿还回到咱辽河工作？若愿意，这边正好还缺个畜牧局长。我可以帮你忙……”

“还是同桌的你心疼我呀！不过这件事得容我琢磨琢磨……”

那天晚上我们聊了很久。临分别时，红桃忽然往我兜里塞了一沓子钞票，她见我与她争执着不肯要。便压抑着哭声说：“晓俊哥，看到你落难了，我心里也很难过，这两千元钱就当是我借给你创业的，你若不拿着就是瞧不起我。我相信你会东山再起的……”

几天后，我在辽河卖光了服装，赶到三江口孩子大舅家，把卖衣服的钱如数交给了老婆。凤至见到我掏出来那么多花花绿绿的钞票，顿时乐得眉开眼笑。她温柔地抚摸着我的额头：“你呀你，可真行，咱这叫东方不亮西方亮，黑了南方有北方，是金子到哪都发光。我当初就没选错你，还是我凤至有眼光。”

晚饭时，我把从辽河带回来的酒菜摆了满满的一桌，又一次把凤至的几个哥哥、姐姐请来，喝得一醉方休……

那一回省亲，我们在三江口待了一个整月。回到宿州一算账，我练地摊赚的钱，除去一切开销，竟然还剩下五百多。

一九九三年十二月的一天，我从书报亭买了一本书，中午阅读时才恍然大悟，原来搞发明创造也能致富。可怎样才算发明创造呢？那上面讲，只要你能搞出来一个世界上未从有过的新产品，而且还得经过国家专利局的批准就可以了。

于是，我便开动大脑，留意起来了……可整日里苦思冥想了好多天，也没想出个所以然。就在我即将失去信心，打算放弃的时候，机会终于被我找到了。

那是一九九四年的元旦，好友送给我一本挂历，我很当回事地把它挂在了卧室中间，每天躺在床上都要欣赏一番。

有一天，我突然来了灵感。咦，这上面的十二幅画面翻来翻去的多麻烦呀！我何不把它搞成一件“可变换画面的灯箱式挂历”呢？这样一来，既可以保存并收藏完好的画面，又能照明，还可以装饰美化房间。

哎哟，对呀！这几年正是“挂历热”，我若能把那个新玩意搞出来，肯定能很快地占领市场，说不定我也能弄个“马百万”当当……

我抱着想当个百万富翁的梦想，找人帮我做了一件装着灯管的灯箱，把十二幅画面连到一起，固定在灯箱两侧的画轴上，箱体的表面再贴上一块玻璃板，一件从未有过，举世无双的挂历便完成了组装。

我欣喜地把那个宝贝挂在了卧室的墙中央，孩子似的不停地旋转着画轴，打开了灯光。那些美丽的画面在内侧灯光的照射下，顿时显得天更蓝，山更青，水更秀，人更美，漂亮极了。

噢，这搞发明创造也没像书上说的那么神秘呀。这不，我一个小小的初中生不是也照样搞出来了吗？

原来，搞发明创造主要是靠创意，只要你能想出来那种“金点子”，就可以成全你的梦想……

样品倒是搞出来了，下一步就是寻找生产厂家了。若找不到买家，还是拿不到真金白银，等于白忙呀。于是，我从一九九四年春节过后，便开始了一场长达一年多寻找生产厂家的艰辛之路……

我背着那件样机，南下到过上海与南京，北上去过济南与北京。

在上海时，我曾闯进了一家工艺礼品商店。可当我打开样机，刚要给店家展示时，竟被老板赶了出去，人家竟把我当成了一个捡破烂的。

那一年，我吃尽了苦，受尽了累，饿了就啃几口自带的干粮，渴了就喝几口自来水。找了一家又一家，结果还是收效甚微……

创业期间，我曾多次去过大上海。为了节省在那儿的住宿费用，我每次都是乘下午五点多的那趟车。这趟慢车得经过十二个小时的运行才能到达上海站。列车上人满为患，我买不起卧铺票，只能干站着。特别是到了凌晨一点多钟，极度的疲惫和困倦便会阵阵袭来。那种滋味让我反复尝试了创业的艰辛与不易……

有一回已经站着睡着的我做了一个梦。梦见了旁边有一个空着的座位，便急急忙忙地奔了过去，结果竟迷迷糊糊地栽进了一个妇女的怀里。那女人蛮不讲理，不但扇了我两个大嘴巴，还骂我耍流氓，占了她的便宜。

列车凌晨五点多钟到达了上海站。若是冬季，天还是黑的。疲惫不堪的我只好在候车室冰凉的地面上铺几张报纸，倒头就睡。即便是那样，还常常被保安们撵来撵去。

旅途中，偶尔遇到个把歹徒也是有的。一九九四年正月十三晚上，我从上海乘客轮去启东，买的是五等仓。那天晚上下着下雨，海面上风大浪急，我被冻得浑身发抖，真打喷嚏。我借着昏暗的灯光，摸到了四等舱，正巧发现了一个空着的上铺位。于是我连忙爬上去，扯起被子倒头就睡。

朦胧中，突然有人掀开我盖的薄被，抡起棍子就往我身上狠捶。“起来，起来，快起来，这铺是老子的！”

一个瞪着金鱼眼的家伙冲我吼起来。我也不甘示弱：“你是谁呀，怎能抬手就打人？”

金鱼眼傲慢地竖起大拇指：“老子是道上混的。”

“是铁路还是公路哇？”

金鱼眼终于不耐烦了，他又一次朝我抡起了棍棒，野狼似的嚎叫着：“老子是黑，黑道上的，怎么的。你小子今儿个识相点，赶紧给，给一百块钱，不，不然就叫你，你小子玩完。”

我嗖的一声从上铺跳下来，双手逮住金鱼眼挥舞棍棒的右手使劲那么一拧，立马就把那小子整得鬼哭狼嚎，跪地求饶……

“嘿，黑道的，我现在就卸掉你这条胳膊，废了你。”

“哎哟……别，好汉别，别动真的……”

“你知道我是谁吗？”

金鱼眼扭过头，疼得龇牙咧嘴："你是……"

"你知道毛主席吗？"

"知道，知道，谁不知道毛主席呀。"

"老子当年就是他老人家的贴身警卫。"

"啊……失敬，失敬，小的有眼不识泰山，你是爷，是大，大爷。"

"要不，咱俩再到甲板上比试比试？信不信我把你扔进大海里喂鲨鱼？"

"好汉饶，饶命，千万别……"

我刚一松手，金鱼眼吓得屁滚尿流的逃出舱去。

其实，我哪是毛主席的警卫员呀，只是借他老人家的威名，吓唬那个小蟊贼而已。

那一年，是我初次创业，尝尽人间冷暖与千辛万苦的一年。尽管我行程万里，几乎跑遍了大江南北，却收效甚微。除了与南京的江苏书画社和北京的人民画报社签订了两份购买技术的意向书以外，别无所获。

究其原因，一是产品尽管新颖，但结构简单，技术含量低，容易被人仿制，故厂家没有兴趣。二是中国有句古话，叫作上赶着不是买卖。意思是说送上门的生意难做。你送上门，人家会以为既然项目好，你为什么不去搞？可他们哪里知道我是心有余，力不足，没有钱去打开市场啊……

不过，那些人也给我提出了两条十分宝贵的建议：一是要我尽快地为新产品申请一项国家专利，予以保护起来；二是要我提高产品档次和技术含量，搞成一件"可自动变换画面的广告灯箱（电子挂历）”。

呵呵……那玩意好是好，可惜我只有初中文化，连数理化都没学过呀！“文化大革命”时，“毛主席语录”和“老三篇”倒是学了无数遍，可那些东西与产品根本就不沾边。

为了把新产品搞成全自动的，我找到了住在同一个小区的老宋。老宋是一个既懂得机械，又爱好电子的技术员。平时喜欢捣鼓一些新玩意。他对我的创意很感兴趣，便很爽快地答应帮我试制。

就在老宋帮我试制新产品的同时，我又一次来到了北京，找到了国家知识产权局。经过咨询与了解申请专利的程序后，我要来了有关表格，凭着我那极高的悟性和聪明才智，居然成功地申请了一项“可自动变换画面的广告灯箱（电子挂历）”的实用新型专利。

一九九五年三月，我带着制作的首件可自动变换画面的广告灯箱（电子挂历）来到了北京，申请了实用新型专利

到了一九九五年六月，我为了那个新玩意，已投进去七千多，但仍然没有见到效果。这些钱可都是我求爷爷告奶奶借来的啊！也不知道啥时候才能见到成果。我打算破釜沉舟豁出去，若不成功便成仁！

加油，努力，挺住，坚持，继续！我几乎每时每刻都用这十个字来鞭策，激励自己，给自己鼓劲……

世上无难事，只要肯登攀。事情往往就是这样，有时离成功其实只差一步，只要你继续往前走，胜利的曙光就在眼前……

功夫不负有心人，就在我已经“弹尽粮绝”，再也筹不到钱投入时，北京那边忽然有了好消息。那是一九九五年六月二十日，人民画报社给我寄来了一封特快专递，要我带着“可自动变换画面的电子挂历”样机，即刻进京洽谈合作事宜……

事不宜迟，我连忙找到老宋取回刚刚制作完成的样机。那是个啥样机呀！在老宋那儿开机时画面自动变换，电子显示时间还好好的，可刚拿到家里再开机时，画面就不变换，电子也不显示，成了一件死机。我又气又急地拍了拍样机，咦！样机又恢复了正常运作。大约运行十多分钟，样机又再次趴窝……原来这是一件技术很不成熟的“病鸡”。

北京那边催得很急，这边只有一件病机。这可咋办？我只能把握住这次机会，去北京碰碰运气。于是，我将样品打好包装，连夜朝北京赶去。一路上，我不住地祷告着上帝……

第二天上午九点钟，我赶到了人民画报社。办公室的张主任接待了我，他给我倒了一杯水，便出去招呼社领导。我借此机会急忙打开包装取出样机，通上电源后摆放在最显眼的位置，当我忐忑地按下电源开关时，咦，神奇的一幕出现了。样机不但能自如地变换着画面，而且还能准确地显示时间……

就在这时，画报社的领导们来到了办公室。他们惊喜地欣赏着样机不断自动变换出的每一幅画面……

十分钟过去了，二十分钟也过去了，我提心吊胆地观察着样机上电子数码不断变换的时间……

领导们一边欣赏，一边不住地交口称赞。他们足足观看了三十分钟，样机依然在正赏运转……

社长终于挥了下手，众人才跟着他离开了房间。说来也巧，就在他们刚离开办公室的一瞬间，样机又突然停止了运转。

我的个妈呀！我紧张得冒出一身冷汗。

中午，张主任代表社领导在一家很不错的饭店招待了我。他点了满满一桌子山珍海味，美味佳肴。陪同招待我的还有两位负责经销的领导。

他们打开了两瓶北京牛栏山的二锅头，轮流着与我交杯换盏，企图把我灌醉喝倒，然后再出低价把合同签了。完全出乎他们的预料，我都喝下去一斤多白酒了，仍然是脸不变色，心不猛跳，讲起话来，一点儿也不跑调……

他们怎能想到，我在农村干了几年乡长，天天大块吃肉，大碗喝酒，半斤没醉，一斤不倒，早就把酒量练出来了。

席间，他们向我传达了社领导想上这个项目的心愿。问我如果北京市独家转让大约得多少钱？我伸出了一把手的五个手指头。

“什么？五万！五万太多了吧。马先生你看，我们画报社这几年都是惨淡经营，由于纸张涨价，每卖出去一本画报，都要赔上一块钱。我们社又是全国首家接产，你就关照一下，多让点……”

他们在酒桌上跟我讨价还价，最后只同意给我两万元，并且下午就能兑现。

下午上班时，我与他们签订了《技术转让合同书》，并到财务处领取了两万元钱。双方约定七天后，由他们派人到宿州培训接产。

当天下午，我到北京站破天荒地买了一张开往宿州的下铺票。开车时，我美滋滋地躺在那张舒适的卧铺上，搂住揣在怀里的两万元钱，高兴得一夜都没敢合眼……

一九九五年八月十五日，我申请的“可自动变换画面的广告灯箱(电子挂历)”获得了国家专利。紧接着《中国专利报》《中国技术市场报》与我取得了联系。他们邀请我在报纸上做广告，才一百元一期。我终于有了宣传、推广项目的平台与园地……

果然，几期广告刊登以后，便有一些全国各地的客户开始与我取得了联系。他们纷纷表示对我的发明很感兴趣……

一九九六年三月，我应某杂志社的约稿，写了一篇《我与梅花的罗曼史》，刊登在当年的第三期。没想到那篇文章竟然被多年没有音信的梅花看到了。她连着拜读了好几遍。当她看到那篇文章的署名是我，而且内容全是我与她的那段无比感人、凄美的爱情故事时，顿时感慨万千，激动得直流泪。

她很想立马就能联系到我，可文章中并没有提供我的联系方式。巧的是正当她无可奈何，束手无策时，居然又在一份《中国技术市场报》上看到了我发布的一则广告信息。

她那时在广州开了一家多媒体广告公司，对我发明的“可自动变换画面的广告灯箱”很感兴趣。当她阅读到我就是项目的发明人和我的联系电话与地址时，两眼顿时就有些发直……

踏破铁鞋无觅处，得来全不费工夫。于是她第一时间就拔通了我的热线电话……

那天，我拿起电话，刚“喂”了一声，听筒里便传来了“你好！请问你是晓俊哥吗？”的急促而是兴奋的声音。

那声音似乎很熟，很温馨，很久违。

我迟疑了一下才回答：“我是，请问你是哪位……”

听筒里沉默了好一会儿，才传来了一阵阵若带哭腔，语无伦次的声音：“我的俊哥哥，你怎么连我的声音都听不出来啦？你再猜猜看，我到底是谁？”

我茫然地摇了下头，愣在了那儿。

“我是梅花呀……天底下竟然还有……这么巧合的事……我在广州……开了一家广告公司……你到广州来吧……我好想见到你……”

两天后，我收到了梅花寄来的一万元电汇，要我尽快飞到广州去。

说句心里话，我也很想借此机会去广州看望多年没有音信的梅花，再说她都已经把路费汇过来了。可凤至会同意我去会见老情人吗？那可是她的“情敌”呀！我还是暂时瞒住她吧。

于是我只是轻描淡写地跟凤至说要去广州一趟洽谈业务……

一九九六年五月的一天，我在去广州与梅花重逢的途中

一九九六年五月的一天，我带着一件小型的“可自动变换画面的广告灯箱”，从南京机场乘上了一架飞往广州的波音 737 飞机。在万米高空中，我初次领略了云山雾海的壮丽美景……

飞机经过了大约两个小时穿云破雾的飞行，于下午六点钟徐徐降落在白云机场的停机坪。我随着如潮的客流刚一迈出机场大厅，就迎面遇上了前来接机的大众。

人群中，一位气质非凡、风情万种、穿戴时尚的女子迟疑地走到了我的面前：“请问你是来自安徽宿州的晓俊哥吧？”

“是，我就是。你是梅花……”

梅花惊喜的把我仔细地打量了一番，便不管不顾地抱住了我的双肩。她深情的夸赞我：“这么多年没见，你的风采依旧，模样还没怎么变，只是比以前胖了点……”

她接过我手里拎着的样机，把我让进了停在附近的一辆红色“宝马”轿车里。宝马经过了近半个小时的急促行驶，停在了一处位于半山腰的别墅门前。

开始，我还以为这是一处依山傍水的高级宾馆呢。可随着梅花走进去一看，这里到处富丽堂皇，灯光璀璨，原来是梅花居住的美丽家园。我们来到了古色古香的小餐厅，一位被梅花称作表妹的小张姑娘早以为我们准备好了一小桌子丰盛的晚宴。

梅花很豪爽地打开了一瓶贵州茅台，不由分说就与我交杯换盏起来……

那天刚好是梅花的三十八岁生日，喝了一些酒的她向我娓娓道来了与我分手以后近二十年的坎坷经历……

原来，我们一九七七年分手后，那位副司令员的儿子并没有娶她为妻，只是一时心血来潮，耍耍她而已。梅花那时连肠子都悔青了，每天夜晚都要用被子蒙住头偷着哭上半宿。

从此，万念俱灰的她把所有的精力都用在了工作与学习上，并于一九七八年考上了吉林大学中文系。一九八二年大学毕业后，又只身一人来到了广州。二十八岁那年才违心地嫁给了一位来自香港的大老板。

婚后第三年的一九八八年元旦，梅花本来诞下了一个“千金”，可不幸又一次挑战了她的命运。就在她从娘家把六个月大的女儿从辽河县接到广州的途中，孩子突发重病，夭折在了长广线上的徐州城……

从此以后，梅花的情绪一直都很抑郁，接连好几年也未能生育。就在三年前丈夫又有了外遇，梅花便遭到了抛弃……

不过，那位老板还算有“爱心”，离婚时，他不但分给了梅花一处别墅，一辆宝马，还分给她两千万元人民币。梅花从此便开了一家多媒体广告公司……

那天晚上，她一边向我哭诉着委屈，一边陷入了深沉的回忆。说她至今还经常想起辽河县前进村那间装满了我们温馨与幸福的小破房。怀念我那慈祥的老娘，怀念小破房内那铺温暖的小炕，怀念摆放在炕梢的两只装衣服的纸壳箱。还有那张小炕桌和摆放在窗台上，见证了我们甜蜜爱情的月季花香……

用餐时，我不时地往梅花的碗里夹着饭菜，这又勾起了她的回忆，并感动得又流下了眼泪。她说我还像当年那样，每次在我家吃饭时，都尽往她碗里夹好吃的。

我们边吃着饭，边回忆着我们春天在一起种菜、养鸡，夏天手挽着手沐浴在田园风光里，到了秋天，我们把收获的土豆、白菜储藏在菜窖里，冬日里，我们在雪地里堆雪人，在大雪纷飞的天气里尽情地嬉戏，还有那片我们经常光顾的辽河岸边的杨树林……

那一幅幅幸福的画卷，一幕幕难忘的回忆，又一次浮浮沉沉地展现在我们彼此的脑海里。

梅花还深情地向我表白：“如果时光能够倒流，她还愿意回到二十年前的那间小破屋，守着我过那种清贫而又快乐的日子去……”

那天晚上酒足饭饱后，梅花兴致勃勃地从书柜里拿出了一本精致的影集，让我欣赏她由童年到成年各个年龄段的相片……

我一边饶有兴趣地翻看着相册，一边不时地点赞着梅花就和她的名字一样，像一朵盛开的红梅，越来越娇艳，越美丽……

梅花指着我们俩二十年前唯一的一张合影，问我还记不记得？

哦，我突然想起，那是我们当天偷偷地拜过天地后，第二天又跑到县城，悄悄拍摄的“结婚照”。照片上的我穿着一身草绿色军装，她穿着一身红嫁衣，胸前还抱着一束红玫瑰，都欣喜地咧着嘴，像是刚吃过蜜糖似的……

突然间，相册里的两张相片引起了我的注意。一张是梅花抱着半岁女儿的彩色生活照。另一张黑白的是梅花八岁上小学时照的，脖子上还系着红领巾呢。

梅花告诉我，那张彩色的是她与女儿生前的合影，系红领巾的是她一九六六年上小学时留下的……

午夜，我躺在标准间客房休息时，身子总是辗转反侧的。满脑子全是那两张相片和梅花与圆圆的脸蛋。那张梅花抱着的半岁女儿分明与我当年捡到的圆圆非常的相似。梅花弃婴时与我捡到孩子的时间也几乎是在同一天。特别是梅花那张八岁时的相片，与当时也已八岁的圆圆简直就像是一个模子刻出来似的。莫非……

就在这时，刚沐浴完毕的梅花穿着一身半透明的睡衣，款款走进了客房的卧室，坐在了另一张床上，风情万种地与我对视……

从她那充满了爱意与激情燃烧的眸子里，我读懂了她想要的……

我瞟了一眼满脸朝霞的梅花，顿时心乱如麻，有些不好意思地将头埋进了薄被里……

突然“嘭”的一声，梅花从另一张床跳到了我的床上。她一边掀开了我的被子，一边向我温馨地提示：“你啥意思，怎么像个木头人似的？别忘了，我曾经也是与你拜过堂，成过亲的，还为你流过产呢。”

她也不管我乐不乐意，似乎理所当然，还很仗义地一头钻进了我的被窝里，并顺势搂住了我的身体……

“小花……你……你冷静点……千万别……别这样……我是已经有了家室的人……”

“亲爱的……我才不管那么多呢……我都快让你想死了……”

我极力地控制住生理欲望，好不容易才挣脱了梅花的疯狂，躺到了另一张床上。梅花见我一副正人君子的模样，显得特别失望。

那天晚上，我向梅花讲述了与她分手以后就去了北大荒，后来又娶了凤至，已有了四个儿女，以及回到故乡从政以后曲折而又复杂的人生惆怅……

我还向她表达了既然已经选择了凤至，就应当对她负责与尊重的愿望……

梅花气愤地埋怨我：“你可得了吧，这都什么年代了，你咋还那么死心眼啊。哼！我还没听说过猫儿不吃鱼的呢……”

接下来几天，梅花开着那辆“宝马”，载着我游玩了广州的山山水水，吃遍了当地的山珍海味。我们一边欣赏着各处的美景，一边畅谈着各自的人生。她在我的陪伴下，每天都玩得特别尽兴，似乎把我来广州与她合作的事儿忘得一干二净。

几天过后，梅花终于把我邀请到了公司的写字楼，这才扯上了与我合作的事由。她与几位主管一起，兴致勃勃地观赏了我带来的那个“可自动变换画面的广告灯箱”样机。

梅花边鉴赏着灯箱内不断变换出来的每一幅画面，边由衷地夸奖我能干。她称赞我是个天才，居然能把这么好的一个宝贝设计出来。并预测我发明的这个项目，将会在全国各地每座城市大放异彩……

梅花当场拍板要上这个项目，并与我约定，会在一个星期之内派出两名技工到安徽宿州培训并引进该项技术。

临要离开广州时，梅花由于没能为我买到飞机票，又特意把我送到了广州东站，为我买了一张返程的卧铺票。

就在她陪着我在“宝马”车内候车的工夫，终于按捺不住多年来的感情。她说我还是那么的幽默、风趣，多才、多艺。赞扬我既有东北人的豪爽与坦诚，又有南方人的温馨与细腻。

她说我是一枚开心果，特别的逗乐，只要与我在一起，就会彻底放松，忘却一切烦恼。并且说她还特别喜欢听我唠嗑，我那风趣的谈吐与幽默的演说，可以让她一个夜晚都兴奋得睡不着觉。

最后，梅花终于鼓足了勇气试探我：“俊哥哥，我特别后悔当年弄丢了你，感谢命运让我们重新相聚，也许这是天意；我现在比过去更加在乎你，决不能再次失去你！你说我们还会不会有未来呢？”

梅花见我低头不语，转而又试探性地与我打趣：“只要你肯过来与我在一起，我就把公司老总的位置让给你，回归家庭侍候你，还愿意接受你的儿女……”

“那你凤至姐可咋办？她毕竟跟了我十几年，我们还曾经患过难……”

梅花见我不为所动，还惦记着凤至，继而又开出了条件：“只要她肯把你还给我，我就给她五百万，足够她安享晚年，一次性将你买断。如果她不情愿，我愿出资三百万，你就双方轮流，各过半年。这总公平了吧……”

“哈哈哈……”我被梅花逗得的开怀大笑。

“笑什么呀，我可是认真的……”梅花妩媚地瞄了我一眼。

“我笑你都把我当成商品了，我有那么值钱吗？”

“值呀，咋不值呢？太值啦。你不但多才多艺，能说会道，而且人品好，当过领导，还会搞发明创造……”

我也与她开起了玩笑：“那好吧，既然你这么在乎我，等我回去与你凤至姐商量商量，看她肯不肯把我卖掉。”

精明的梅花看我仍未动心，只是敷衍她，于是又换了一副腔调，她笑嘻嘻地刮了一下我的鼻梁：“得了吧，别臭美了你，逗你玩呢，你还当真啦……”

她继续与我调逗着：“要不这样吧，我也是与你拜过天地的，还在凤至姐之前呢。我也不为难你了，以后就让她做正的，我当副的，她做红花，我当绿叶，永远做你的‘红颜知己’这总公平了吧……”

“这还差不多……”我也微笑着刮了一下她的鼻子。

“怎么好事都让你给遇上了，都是我上辈子欠你的，你就偷着乐吧你。你到底还是最在乎凤至姐……”

“可那样就太委屈你了呀！我们相距遥远，我也不可能总陪伴在你的身边呀！”

“那又有什么呀，我这人只在乎曾经拥有，不再在乎天长地久……”

梅花眨了眨那双美丽的大眼睛，很认真地回答：“我既然选择了这个角色，就不会奢望你能时刻留在我的身边。因为你不只属于我一个人，你还属于凤至姐与孩子们。你放心，我决不会干那种想叫你离婚，拆散你的家庭，取替凤至姐那样的蠢事。只做你的‘红颜知己’，这就足够了。”

梅花见我听得愣了神，才又摇了摇我的肩膀，继而转了话题：“回去后快把你的那个项目往大里搞吧，缺钱吱个声，别硬努，我这儿千把百万的还出得起……”

列车就要进站了，梅花牵着我的手，一直把我送到站台内。直到我要上车时，她才依依不舍地把手松开。临别时，她深情地吻了一下我的脸颊，两只眼睛蓄满了泪花，哽咽着要我勿忘她，方便时就到广州来看望她。

我登上列车朝她挥了挥手：“回去吧，再见了……”

直到列车开出去老远了，我见她仍站在那儿朝我挥动着右手，很久很久……

此时此刻，我的心里也很难受，万万没有想到会在创业的途中，能与已经分手近二十年的梅花团聚在广州……

我回到家还不到一个星期，就收到了梅花寄来的快递。我不知道发生了什么事，连忙拆开一看，竟是梅花那娟秀的字体：

“一别数日，虽然只是短短几天的相聚，竟再次产生了一种奇妙的感觉……

至今，你的音容笑貌，你的坦诚率直，你的健谈、善良，你的幽默、风趣，你的聪明、睿智，又重新萦绕在我的脑海里，叫我难以忘记。

再次遇到你是偶然的，喜欢你是自然的，爱上你是毅然的，得到你是欣然的，伴你一生是必然的。

生活给我出了个难题，再次送给我这么忠诚的你，我该怎样庆祝？再次把这么可爱的我送给了你，你该如何解决？

但愿你知道，有个人时刻关心着你，有个人时刻惦记着你。

我知道，我不能陪在你的身边，我知道，我能做的只是遥远的思念。

忘不了那爱的梦境，无论天涯海角，我的心中都永远铭刻着你的笑容。

一定是前世的情，才注定了今世的缘。不然人海茫茫，我为何会再次落进你的网里？

我会抱紧失而复得的你，从此再也不分离。我从灵魂深处爱着你，我愿意把生命交给你！交给你！！！”

梅花还随快递给我寄来了五十万元的转账支票，解决了我艰辛创业的燃眉之急……

就在我从广州回来的第七天清晨，我又接到了梅花的来电。她在电话里告诉我：她们一行三人乘坐的列车将于八点三十分到达宿州站。

那天是星期天，凤至与几个孩子全都在家。我急忙安排凤至去菜市啥好吃的买啥，然后又到附近的宾馆开了两个标准间，最后才跑到了宿州火车站。我在出站口接到了梅花和两名技术员。我们叫了一辆出租，不大会儿就开到了宾馆门口。我将他们安排好后，便带领他们来到了我租赁的住处。

那是一处仅有三十个平方米的两间旧楼。我与凤至带着龙儿住在里屋，老娘带着三个女儿住在铺着两张床的外屋，生火做饭只能在门口……

走进屋子的梅花好奇地这儿看看，那儿瞅瞅。当她看到我租住的两间小屋是如此的简陋后，不是皱着眉，就是摇摇头……

就在这时，出去买菜的凤至回来了，我把她介绍给了梅花。梅花一边与凤至握着手，一边仔细地打量着她。看那表情似乎很惊讶。

吃饭时，我放下了“靠边站”（一种可以折叠的饭桌）和几只破板凳，连忙招呼梅花他们入座。凤至使出了浑身的解数，做了那么多好吃的，摆了满满的一桌。开饭时，梅花将拿起的筷子又放回了饭桌，并疑惑地问我：“马大哥，大娘与孩子们呢？他们都去哪儿了？”

“哦，俺娘在医院呢，孩子们出去玩了……”我不好意思地解释着。

“那哪儿成啊！我就喜欢孩子，你快去把他们都找回来吧，不然这饭我就不吃了……”梅花似乎生气了。

“好的。”我一边答应着梅花，一边出去找孩子……不大会儿，就把他们找回来了。

“阿姨好！”“阿姨真漂亮！”“阿姨辛苦了！”“欢迎阿姨来到宿州！”……看到并排站在门口的四个孩子向自己问好，梅花高兴地急忙从手提包里掏出了四个红包，她每个孩子都分给了一个。

七岁的龙儿一开始并不知道红包里装的什么，当他打开了红包发现是十张“老头票”一千元钱时，连忙又退给了梅花，并表示不要。当梅花疑惑地问他为什么不要时。龙儿说：“阿姨，你赚钱也不容易，这钱你还是收好吧。”

龙儿的回答似乎出乎了梅花的意料。她急忙抱起龙儿，含着眼泪喃喃地说：“好孩子，好孩子，多好的孩子啊！这孩子也太懂事了。”

三个女儿见龙儿不肯要红包，也都不肯要。最后还是我帮他们收起来了……

吃饭时，梅花不住地打量着站在她对面的圆圆。一双琥珀色眸子里不时地流露出既好奇又亲切的神色……

接风宴过后，梅花提出要解手，并问我到哪儿解决？我只好带她去附近的公共厕所。

在去公厕的小路上，梅花焦急地向我打听：“咱妈咋的了？要紧吗？我现在就想见到她……”

“那就下午的吧。”

没想到梅花进了女厕所还不到半分钟就出来了。她一边朝我摆着手，一边小声地告诉守在旁边的我：“……太恶心了，太令人作呕了……”她一边发着牢骚，一边往宾馆的方向奔跑……

原来梅花刚一走进厕所，就看到满地的蛆虫在赛跑，再加上蹲坑里堆满了屎和尿，蹲也没法蹲，不蹲吧还憋着屎和尿，这些年住惯了小别墅的她哪里见过这个……

幸亏她住的宾馆里有现代化的马桶，大小便都可以坐着解决。不然，她非得拉撒到裤子里不可……

当天下午，梅花在我的陪伴下，买了好多的营养品和一束鲜花。当她来到了住院处见到骨瘦如柴的老娘时，竟激动地扑了过去。她一边握住老娘的手，一边问娘还认识她不？

老娘眨动着混浊的眼睛，只是迟钝了一下，竟然认出了她是梅花……梅花又感动地含着眼泪喊老娘一声“妈”……

这幸福的一幕，居然也被打水回来的大哥看到了。

大哥迷茫地问我梅花是谁？我告诉他梅花是娘的干闺女。大哥若有所悟地点了点头……

临要离开病房时，梅花又从拎包里掏出了一万元人民币交给了看护老娘的大哥，说是留给干妈治病的，是她这个做女儿的一点心意……

出了医院门口，我将老娘已身患癌症，将不久于人世的实情告诉了梅花。梅花一边流着眼泪，一边说娘那时候很疼她，并告诉我：娘若去了天堂，她一定还要回来送送她老人家……

在接下来的日子里，两名技术员开始由师傅帮我传授制作多画面广告灯箱的技术，我包了一辆出租车，带着梅花到各处去旅游……

我们去过宿州市的大泽乡，那里是陈胜吴广揭竿起义的地方。去过夹沟镇风景秀丽的大五柳，也去过灵璧县的虞姬墓，还去过萧县的皇藏峪。最后，我又把她带到了自己曾经工作过的栏杆乡人民政府。还游览了“世外桃源”老海寺和大旺子的青山与小旺子的水库……

每到一处，梅花都对那儿的风景赞不绝口。她称赞宿州是个人杰地灵的好地方，怪不得孕育出来的我是那么的优秀……她还与我开起了玩笑：“你若是个单身汉该多好哇，那样我就可以名正言顺地嫁给你，永远留在美丽的宿州……”

她还有些醋意地调侃我：“没想到凤至姐长得那么漂亮，怪不得你的心思都在她身上，连我这个富姐‘前妻’都对你没有磁场。看来我对你再好也是白忙……”

两名技术人员经过了七天的紧张培训与操作，终于掌握了制作多画面广告灯箱的全套技巧。

又是一个周日的中午，梅花在她下榻的宾馆摆了满满的一桌子佳肴美酒。说是要答谢我们全家对她的热情款待和庆祝一下她来到了美丽的宿州……

答谢宴会刚一结束，梅花就取出了照相机让宾馆的工作人员为我们拍摄了合影照。

她还特意与几个孩子一起合影，并且单独抱着圆圆合了影……

在她下榻的客房里，梅花有些伤感地告诉我：她原先并没打算要来宿州。只是自我走后似乎把她的魂儿也给勾走了。如果不是广州那边有一大堆业务，她真的还想留下来与我相守，再多住一些日子。

她说已经买好了夜间从徐州飞往广州的机票，有可能待一会儿就要先去徐州……她沉思了片刻，说是最后还有一个我们不可能答应的要求：我追问她是什么要求？

梅花憋了大约一分钟后，才鼓足了勇气，吞吞吐吐地说圆圆长的太像她了，她想认圆圆做女儿，希望我们能让她把圆圆带走，若有什么要求可以尽管开口。无论什么条件她都可以接受……

梅花还说她这几天自打见到圆圆以后，就觉得跟她特别的有缘，一见如故，有一种血浓于水的幸福感觉……

我很婉转地告诉梅花，我们可以理解她此时的心情，但她的要求，我们不可能接受。她就是给我们一座金山，也不可以把圆圆带走。凤至说过："别看我们家孩子多，但我们要死都一块死，要活就一块活，一个都不能少，我们即便是逃荒讨饭，也不能把孩子丢掉。"头几年有个亲戚趁我们落难时劝我们，最好把丫头片子送给人一个，结果被凤至骂得落荒而逃。

梅花知道了我的态度后，显得既失落，又尴尬，一双美丽的大眼睛里蓄满了泪花……

当天下午，我备了三份宿州特产符离集烧鸡和小磨子香油，与家人一起把她们送到了火车站的进站口……

就在临要检票时，梅花又挨个儿抱了抱我那四个孩子。特别是又吻了圆圆好多下。圆圆似乎与她也有一种天然的感情，居然喊了她一声"梅妈妈"……

直到梅花通过了检票口，孩子们还挥动着小手，目送着梅花，梅花两眼始终含着泪花，用亲吻的手势与我们告别啦……

梅花走后，技术员老宋由于身体不好，不能再与我继续合作。我只得再找一个精通机电的师傅。

新的合作伙伴是一家仅有二十多人的小型企业。厂长姓徐，与我同龄，还是一位从部队转业的高级技工。

我们很快就签订了一份他们每为我培训一伙技术人员，我就付给他们一千元钱的合同。可他们虽然厂子不大，却人多嘴杂。当看到我连着做成了几笔生意后，就害了“红眼病”。认为我赚钱全亏了他们，必顺得由双方平分。

凭什么呀？这些俗人哪！自己没本事赚钱，还总想与别人平分共产。他们还以为是在学习当年的“打土豪，分田地”呢。

我也学会了拉拢、腐蚀的“技巧”。有一天，我把“和尚不亲帽子亲”的徐厂长约到了酒楼，使劲地灌了他八两二锅头，要他往后再培训学员就到我家，培训费分文也不少拿……

呵呵，我这一招还真管用，立马就将徐厂长拿下。这下可苦了他的那些职工，就在徐厂长每次都笑眯眯地数着那一千元钱的钞票时，他们却一个个地下岗啦……

看来还是糖衣炮弹的威力大呀啊！可这也不能全怪我呀，谁叫那些人不知好歹非得要与我共产哪！

一九九六年九月四日，是我一生中最悲痛的日子。那天凌晨，我那享年八十三岁的老娘因患宫颈癌，医治无效，与世长辞了。

老娘是在时村老宅病故的。病重时，房东怕她死在我们租住的房子里，硬是把我老娘给撵了出去。老娘弥留之际拉着我的手，流着混浊的老泪，说她还不想死。她舍不得我，舍不得凤至，舍不得她亲手带大的四个孩子。

出殡那天，亲戚朋友赶来了，家族成员赶来了，全村的老少爷们也都赶来了，就连梅花也找了个出差路过的借口赶来奔丧了。加上我与大哥两家人，把个不大的院子挤得满满的……

中午，我与大哥在饭店摆了十几桌酒席，答谢前来悼念的乡亲们，下午，我们众人与请来的戏班子和乐队一边燃放着鞭炮，一边吹奏着乐器，把老娘风风光光地送下了老坟地……

一九九六年，我居然赚了十万多元。这一年，凤至单位汽车站集资建房，才五百多元一个平方，我花了四万多元终于购买了位于市中心的第一套楼房。

我把房子装修得富丽堂皇。全家人终于在一九九七年春节前告别了租房子的艰难岁月，欢天喜地地乔迁到属于自己的新巢。搬家那天，四个孩子一会儿跑到东边屋瞅瞅，一会儿又跑到西边屋看看，全家人喜极而泣，幸福地抱在一团……

迁到新居后，我特意腾出了一个房间当工作室。墙上挂着各式各样的多画面电子挂历，地上放着可自动变换画面的广告灯箱样机。专门接待来自全国各地的客户，供他们参观考察与培训学习。

这样一来，我便较大地提高了成交率。因为客户认为我起码不会是个骗子，如果想骗他们，绝不会把工作室设在家里。

一位来自湖南的客户告诉我，他在途中心里还直打鼓，会不会到了安徽遇到骗子哩。可来到宿州，一看我的办公地点居然设在了家里，立马就打消了顾虑，与我签订了专利技术转让的合同条文。

一九九八年十月，辽宁大连来了两位特殊的顾客。说他们大连市委、市政府年底要搞一个大型展览，欢迎江泽民总书记前来视察大连。也不知市长从那儿得到了我这里有可自动变换画面的广告灯箱信息，便亲自派他二人找我定做两台灯箱，体积要十平方米以上的。

噢，连大连市的市长都对我的这个新玩意感兴趣，我若给他们制作出来运到大连去，说不定江泽民总书记看到了也会很欣慰。

对！干！我当场就拍板制作两台又大又像样的灯箱。工人们经过五个昼夜的辛勤制作，终于完成了我交给的任务。我们租了一辆大货车，装上两台大灯箱，一路上穿山越岭，漂洋过海……

到了大连的展厅后，我们经过调试，两台灯箱运转正常。预展那天，我们还受到了市委领导们的亲切接见与夸奖。市长在与我握手时，一个劲地称赞我想出了一个金点子，好主意。并鼓励我，最好能把这个宝贝推广到全国各地……

就在这年年底，在中纪委、省市纪委的亲切关怀与过问下，有关部门终于为我恢复了党籍。但由于政府部门人满为患，严重超编，无法为我安排相应的职位，我只得响应并按照国家有关公务员满三十年工龄可“下海”经商的号召与规定，提前办理了退休手续。

二零零零年十月的一天大清早，乔燕打来电话告诉我，我的老首长刚刚与世长辞，享年八十四岁，要我前去参加葬礼。

我立马赶到了火车站，乘上列车，奔向了西安……

那天是乔燕接的站。我们打了一辆的，直接来到了殡仪馆，与干妈等亲朋好友和干爸的几位老战友见了面。

按照干爸的生前遗愿，丧事从简，不开追悼会，不送挽联与花圈。我们大家只是简单地举行了一下遗体告别仪式，便将干爸的遗体推进了火化间……

那一回，我在西安干爸的家里与乔燕她们一家三口陪伴干妈待了三天。原来乔燕已经结婚十多年，还生了一个虎头虎脑的十岁儿子叫罗马年（九零年马年出生）。

乔燕的老公是一位成过家的技术员。长得人高马大，黑脸膛，国字脸，是个典型的西北大汉。我与他相处了几天，觉得他性格耿直，待人坦诚，对儿子疼受有加，对乔燕言听计从。是个老实巴交，不善言辞，没啥情趣，但能居家过日子的好老公。

二零零一年五月，又赚到了一些钱的我在宿州市北苑小区又购买了九十七平方米的新居一套。这套三居室加上装修，总共才花了十万。我把它装修得像五星级酒店。

五月十一日，我们一家人再次乔迁新居，把原来的房子腾出来，专门用作培训学员和接待客户的场地。

二零零三年十月下旬，凤至的家人又打来电话告诉我们，她那年已八十九岁的老父亲病得很重，老人家要最后再见见我们。

事不宜迟，我们立刻起程，又回了一趟东北。老父亲住在大哥家，我们在那儿侍候了他一阵子，待老父亲的病情平稳后，我又去了一趟辽河市。

那天上午在与战友们聚会时，我听到了一个很不好的消息。

一位在市人大工作的战友告诉我：我的老同学，市人大常委会副主任红桃身患癌症晚期，将不久于人世。这一不幸的消息，不亚于一颗炸雷，惊的我目瞪口呆，头脑昏迷……

次日上午八点半，我急忙赶到了市医院。在一个单间病房里与红桃相见。病房里只有红桃和陪伴着她的母亲。当时的红桃虽然已经失去了语言表达能力，但头脑还是清醒的。她见我走进病房后，先是苦笑着与我打了一声招乎，随后指了一下病床前的橙子。

我坐下后说了一些向她问候，以及鼓励她战胜病魔的话……她听后眼里蓄满了泪花，并不时地点着头。我怕影响她休息，便与她的妈妈聊了许久……

就在我刚要起身告辞时，红桃拉了下我的手，示意我看一下她的床头……

原来她趁着我与她妈妈说话的工夫，扒在床头柜上吃力地写了十二个字："我后悔没能嫁给你。你很优秀"。

我急忙收起了那张字条。一时间也不知说什么好，心里难过得像刀绞。

临别时，我把装着一万元现金的大红包硬是塞给了红桃，聊表了我的一点心意，并祝福她早日康复。红桃再次拉住我的手，感动得直哭，并深情地注视我很久，像生离死别似的不肯松手。从她那悲伤的眼神里不难看出，我这一走，从此便是阴阳之隔，她不可能再见到我……

七十多岁的红妈妈把我送到了医院大门口，最后又握住了我的手，很伤感地说出了她的内疚："晓俊哪，我知道你是一个好孩子。大婶对不住你与桃子呀，当年若不是大婶从中作梗，也许会是另一种情景。桃子这些年来心里一直都有你，至今都对你念念不忘啊……”

是啊，我毕竟是她的初恋，那种刻骨铭心的情感，至死都不会忘却的……

二零零四年三月中旬，我在与辽河市的战友通话时得知，我那初恋的同桌红桃已于十几天前逝世，享年才五十二岁，并且说在向她的遗体告别时，看到她的脖子上还系着一条火红色的围脖……我猜想，那肯定是她生前最在乎的“情物”，舍不得丢下，便一起带到了“天国”。不知怎的，听到红桃辞世的消息后，我的心里比刀割的还要难受。尽管当年我们没能走到一起，但她也是无辜的。更何况她还是与我“同桌的你”……

我那天在工作室里用硬纸壳为红桃做了一个灵位。并为她燃上了一炷香，口中念念有词：祝愿她到了“天国”那里把病治好，拥有一个健康的体魄。然后再投胎转世，重返人间……

祈祷完毕，我又摆上了一堆红桃爱吃的水果，然后把自己关在了工作室，一个上午都没有出门……

一个月后的二零零四年四月，应安徽电视台的邀请，我带着一台“可自动变换画面的广告灯箱”，参加了安徽卫视《金点子行动》的录制节目。在那场节目中，我超常发挥了我那既风趣又幽默的口才，向在场的观众充分展示了多画面广告灯箱和多画面电子挂历的各种功能。阐述了该产品即将全面普及与占领全国的每座城市，每个家庭……

我那俱佳的口才引来了现场观众的一阵阵喝彩。在这期节目中，我荣获了一等奖。

做完节目后，主持人向我伸出了大拇指，赞扬我："政府官员搞发明。是《金点子行动》开播以来，所持项目最捧，口才最佳的'励志再创业明星'……"

二零零四年七月二十四日二十一时五十分，我做的那期节目在安徽卫视开播了。

节目播出以后，在全国引起了不小的轰动，我也由此出了名。还被有关部门授予"中国发明创造明星"。

梅花第一时间就给我打来了祝贺电话。并说她早已对该项目实现了模具化，这些年都赚两个多亿啦！

她这些年曾多次邀请我去她那儿发展，可我都一直处于矛盾心理，没能如她的愿。

她始终对我情有独钟，并保持着联系，还经常发来一些火辣辣的信息……

有一回，梅花半夜给我发来了一条信息："俊哥哥，我每天只要一闭上眼睛就能看到你。"表达了她对我的怀念与相思。

其实，我这些年也越来越欣赏梅花。她不但聪明、美丽，而且善良、能干。可我已经拥有了凤至和四个孩子，必顺克制住对她的情感……

与丽人一别又是九年，我又何尝不想念她呢。于是，我突然也来了灵感，为她写了散文诗一篇：

小妹，请你告诉我，这些年为啥有一个倩影老是在我心中萦绕？

她总是含情脉脉，风情万种地偷看我；吃饭时，她时隐时现，工作时，她处处打扰，就连睡觉时，她也像个幽灵似的陪伴着我。

小妹，请你告诉我，这些年为啥有一个倩影老是在我脑海里萦绕？

她面如满月，眼似秋波，总是春风般地朝我微笑；多么熟悉的倩影，多么迷人的花容月貌，似曾在哪儿见过。

哦，想起来了，你原来就是我朝思暮想，曾经丢失的“月中嫦娥”……

梅花看到这段文字后，似乎比较伤感，很快又给我回了一条：苦苦觅你几十载，你却在灯火阑珊里。

可你已经属于了别人，我们只能做“红颜知己”……

我非常珍惜梅花发给我的每一条信息。每接收到一条短信，都要用笔把它记下来。几年来，居然收集到了两百多条这样的信息。二零零五年春节前夕，我将这些短信按照先后顺序编辑出版了两本书。书名叫作“粉红色的回忆”。一本当作新年礼物送给了她，另一本留给了我自己。

有一天，凤至在找东西时，无意中从我写字台的抽屉里发现了那本《粉红色的回忆》，像审贼似的问我这到底是咋回事？

我如实回答全是梅花发给我的，并干脆向她挑明了我与梅花之间的关系……

“什么，梅花曾经是你的恋人，你们还同居过呢？我说她怎么那么大方，头些年还愿意出五百万，再把你买回去呢。那我成什么啦？闹了半天，我一个黄花大闺女倒嫁给了你一个二手的……”

凤至越寻思越憋屈，竟呜呜地哭出声来。她一边气得赶我走，要我还找梅花去，一边卷起了自己的被褥，扬言要与我分居，并搬到了另一间屋里，任我怎样解释也不听我的……

凤至与我赌了几天气以后，又把行李搬了回来。我故意问她："你不是已经与我分开了吗，怎么又搬回来了？"

凤至冷静地回答："我才没有那么傻呢，我怎么会把喂了二十多年的老公再拱手让人呢。"

她一边整理着被褥，一边很认真地与我聊着她的想法。她说："……这些天我也想明白了。其实梅花也挺可怜的，你们本来就是天生的一对儿，可硬是让她妈给棒打鸳鸯拆散了。我看这样吧，人家待你也是真心的，又没破坏咱们家庭，以后就让她继续做你的'红颜知己'好了。这样一来，她还可以帮衬着咱们的事业呢……"

那天晚上，我躺在床上问凤至为啥突然来了个一百八十度的大转弯，那么的善解人意？

凤至莞尔一笑，很温存地捏了一下我的鼻子告诉我："……我还不了解你？五百万都没能买走你哩，你舍不得这个家，舍不得我，更舍不得你的一群儿女。人家梅花那么优秀的一个女人居然对你那样难以忘怀，一往情深，说明你还是满优秀的……"

"那你就不记恨她吗？"

"记恨什么呀？按说我还得感谢她呢。当年若不是她退出了，我到哪儿捡你这么个大漏去……"

到底还是大家闺秀啊！是那么的通情达理。听得我一阵子感动，把她轻轻地揽进了怀里……

凤至又乘机向我撒着娇：“咱可有言在先哪，她只能做你的绿叶，我这朵红花可谁也摘不去……”

“你就把心装进肚子里吧，我们永远都是夫妻，谁都不可能替代你。”我信誓旦旦地向她作了表白。

“那我可就放心啦。”凤至亲昵地偎进我的怀抱里……

打那以后，凤至有时就与我逗逗趣：“你想没想你的梅花呀？要不，你去她那儿过些日子吧？”

我心里明白着呢，别看她又是什么红花呀，绿叶的，她知道我是不会去的，我若是真的去了，那她还不得被醋缸给淹死……

令人匪夷所思的是，自从我与梅花重逢后，我的那个多画面项目的广告就像雨后春笋似的在全国的一些商务媒体登载出来。每天从各地打来的咨询电话和前来参观考察与接产的客户都令我应接不暇。

一开始，我还以为是媒体在为我无偿的炒作呢，可当我报着感恩的心理给媒体打去电话，才知道那位“无名英雄”原来是梅花，是她在主动的投资帮衬着我哪。

噢，她不但是我的“红颜知己”，还是我的“贵人”哩！

我这是在走桃花运哪！

二零零五年初，我接到了来自北京军事博物馆的邀请函。说是叫我于四月一日带着样机到那里免费参展。

噢，这又是一件大好事啊！于是，我一个人带着两件精心制作的样机，于四月一日清晨八点钟就赶到了北京中国人民革命军事博物馆附近。可就在我快要走到大门口时，忽然一个熟悉的身影映入了我的眼帘。那人一边挥手跟我打着招呼，一边“俊哥哥俊哥哥”地叫我。

嗯，我不由得停下脚步，定眼一看，原来是梅花出现在了我的面前。我高兴地三步并作两步地向梅花奔去，梅花也激动地接过我带来的样机，与我一起向展厅迈去。

我们来到了展厅的三楼。梅花指着一间偌大的展位告诉我，这儿就是她为我们二人特意订购的。她在这儿推销多画面广告灯箱机芯，我推销多画面广告灯箱专利……

我环顾了一遍那间展厅的周围与厅顶，忽然想起：这间展厅正是我三十四年前在这儿参与“五七”展览时，从烈火中救出乔燕的那间。

命运真的好神奇啊！三十四年前，乔燕在这儿对我情窦初开，今天又有一朵梅花在这儿向我吐露着芬芳……

不过，梅花那时还是一个不到十三岁的小姑娘。

多么好的一对珠联璧合的搭档啊！原来梅花这几年曾多次邀请我去她那儿玩，我都没能如她的愿。因为我已经拥有了凤至与孩子们，最多只能与她做个“红颜知己”，不能走得太近。

这次是她为了能与我相聚，精心策划的一场“京城会情郎”的插曲……

上午九时整，展会准时拉开了序幕。成千上万的参观者像魚儿一样游进了展厅。人们在经过我们的展位时，大都留住了脚步。因为我展示的那两件“可自动变换画面的广告灯箱”与“可自动变换画面的电子挂历”产品，就像是鹤立鸡群，显得格外新颖，非常新奇。

身着职业套装的梅花不愧为商界精英。她一边为客人们作着讲解，一边为我散发着资料。并不时扭动着依然婀娜多姿的身材，为客人们端茶送水，微笑着回答客人们提出的各种各样的问题……

嗯，这哪里像个亿万富姐呀，分明是个倒贴钱的志愿者。

由于那次展会有了梅花这位铁杆大贵人的鼎力相助，我居然与十多位客户签订了《专利技术转让意向书》。梅花也收获不小，仅三天的展会，竟然销售了一百多万元的机芯。当天下午，我们在北京的一家烤鸭店里又一次对酒当歌，庆祝我们再次联手，所取得的丰硕成果。

四月四日上午，我们打了一辆出租车来到了北京的颐和园。在那里，我们尽情地游览了久负盛名的昆明湖与雄伟壮丽的万寿山……

初春的颐和园，正是草木泛绿，鸟语花香，游人如织的季节。我用新买的一部摄像机，为梅花拍摄了一组又一组的美丽倩影与花絮……

梅花那年虽然已经四十七岁，但看上去依然风姿绰约，比实际年龄要年轻十岁都不止。

在昆明湖边的双人椅上歇息时，我情不自禁地问起了她的事业与个人问题。梅花理了理纷乱的思绪，有些伤感地向我倾诉了她这些年来的辉煌事业与情感经历……

她说这些年，她的事业顺风顺水，自打引进了我的那个项目以后，已经赚了两个多亿。只是感情问题必须是相互的。她也曾遇到过几位“追”她的男士，可与那几个人相识还不到两个月呢，他们不是说爹出了车祸，就是讲娘得了重疾。要不就是资金周转不畅，全都是向她伸手“求助”的。梅花讲她遇到的都是一些“俗物”，没有一个像我那样优秀的。她还夸赞我真诚、善良、聪明、务实、是个有担当，有思想，言必信，行必果的综合体。她很期待我能去广州她的公司担任年薪百万的总经理。这样，她就能与我团聚，天天在一起……

梅花的心情，我是可以理解的，但也给我出了一个难题。

我沉思了良久，也向她表明了心迹：我这边还有凤至与孩子们呢，怎能一走了之？又怎能把她们抛在家里，自己去享受荣华富贵……

“唉，看来真是‘万两黄金容易得，知心一人却难求’啊！我真的好羡慕凤至姐，因为她才是你明媒正娶的。说到底，我还只是一片绿叶……”

梅花一边失望地叹着气，一边与我半开着玩笑地发泄着情绪。

她沉默了一会儿，转而又朝我莞尔一笑地打趣：“那好吧，我知道你是一个能分清主次的人，你的心里最在乎的人还是凤至姐。既然这样，我也不难为你，谁叫我只是一片绿叶呢……”

其实，我也有我的顾虑，到广州发展并没啥问题，就担心梅花的“糖衣炮弹”将我击溃，从此不再让我返回故里……

唉……其实梅花这些年独自打拼也不容易，事业上也的确需要一个知己帮她打理。别看她像个女强人似的，其实那都是生活逼的。她非常需要呵护与关心。她也曾经受到过伤害，但在每次受了伤之后，都是自舔伤口，仍然示之以人一脸的坚强与无畏。

我若能有分身之术就好了，那样既可以在这边照顾凤至，又可以到那边帮衬梅花，岂不是两全其美……

晚饭过后，该返程了。梅花本来打算乘飞机直接飞回广州的，但她为了能与我在一起多待十多个小时，居然临时改变了主意。我们到北京站买了两张开往上海方向的卧铺票，于当晚十点来钟登上了列车……

列车经过十一个小时的快速运行，于四月五日上午九点来钟到达了我的家乡——宿州。

就在我拿起行李准备下车时，梅花突然抱住了我……

送君千里，总有一别。

“呜……”随着列车的一声长笛，她慢慢地松开了拥抱着我的双臂……我最后又望了一眼双目蓄满泪水的梅花，心里顿时酸酸的，快步向出站口迈去……

刚回到家还不到一刻钟呢，梅花的短信就追了过来：

你已成为我生命中的一部分，

我已无法与你分离；

如果规定一个人一生只能对一个人好，

那么我选择的那个人就是你；

我无怨无悔，生死不渝。

一辈子都做你的“红颜知己”。

其实也没有啥，梅花始终都能摆正自己的“绿叶”位置，从未给我出过难题。她还不止一次地夸奖凤至人品好，有气质，大方得体，人长得那是没说的，比她这片“绿叶”还强哩，要我对凤至更好些，并没有破坏我家庭的意思。

因此，我们的爱从此是安静的，是无求的。它很轻，轻得不惊扰彼此的世界，只在灵魂深处同行；它很静，静得不妨碍彼此的家庭，只在精神领域共鸣。有了这种爱，万水千山不再是距离，而是心灵的相依；天荒地老不再是传奇，而是生命的奇迹。

而我呢，并没有因为梅花是位富姐，抛弃老婆孩子去攀高枝，始终与她保持着距离。

我家中有一位贤惠的妻子料理着家务，外面还有一位能干的“红颜”帮衬着事业，倒也相安无事，两全其美……

从北京展出刚回到宿州不久，梅花就给我打来电话，说是接到了上海方面的一大单业务，要我立马派人过去帮她指导安装技术。

这可是美化大上海的亮化工程啊！丝毫也不能含糊。于是我连忙派去了两名技术员前去协助。

一个多月后，我应梅花之约，也来到了上海，出席了在南京路举行的亮化工程剪彩仪式暨新闻发布。

那天的上海晴空万里，无数的彩球在空中飘浮。繁华的南京路十里长街的街道两旁，叠立着数百台三米多高的“可自动变换画面的广告灯箱”，一直排列到黄浦江畔的外滩上。上午十点钟，剪彩仪式刚一结束，张也的一曲《走进新时代》便响彻了上海大地……

总想对你表白，我的心情是多么豪迈，总想对你倾诉，我对生活是多么热爱，勤劳勇敢的中国人，意气风发走进新时代……

望着那一排排自动变换画面的广告灯箱，伴随着张也那甜美的唱腔，不知不觉间，我的两眼蓄满了幸福的泪水。我也好想向老婆表白：凤至呀凤至，我亲爱的凤至。我们当年被逼得“山重水复疑无路”，如今是“柳暗花明又一村”。我们终于成功了！我们的项目已经意气风发地走进了新时代……

那天，当出席仪式的市民们听说我就是那些新式灯箱的发明人时，便一起朝我涌来。有的要求我签名，有的要与我合影……

一位市委领导还握住了我的手，再三感谢我为大上海的市容与“亮化工程”做出了卓越的贡献，为美丽的国际大都市，又增添了一道亮丽的风景线……

到了夜晚，华灯初上的南京路灯光璀璨，游人爆满。我与梅花手挽着手漫步在南京路步行街。幸福地观赏着那些叠立在街道两旁的几百台多画面广告灯箱，那些灯箱的许多幅画面，在内侧灯光的照射下，正在不断地变换，给整条南京路，又增添了一道梦幻般的景观……

我一边陶醉在这片童话般的世界里，一边即兴举起了摄像机，尽情地拍摄着那一幅幅美不胜收的壮丽画卷……

回到宿州以后，我找人把摆放在工作室的各种款式的多画面广告灯箱、电子挂历、婚纱画框、山水画框、儿童写真画框等录制下来，连同我从上海拍摄的多画面影像资料做成了 www.jdz888.com 的网址。有了网址就省事多了，读者看到我刊登的广告后，就可以直接查阅网址，以便做出是否投产的决策。

与此同时，我也加大了广告费用的投入。先后在《现代营销》《大众投资指南》《爱情婚姻家庭》《环球时报》《生意经》等媒体上刊登了广告，做了大量的宣传。从此，我发明的多画面项目便上了一个新的台阶……

二零零六年八月上旬，我又一次接到了梅花的通知。她要我二十六日到二十七日去参加在沈阳国际展览中心举办的高新技术博览会。正好那一年圆圆考上了大连外国语学院，我也正有送她去那儿上大学的打算。这下可好了，我既能送圆圆去上大学，又能到沈阳参加展览会，还能再与想念中的梅花相见。

我把要与圆圆一块启程先到沈阳，后去大连的喜讯用短信告诉了梅花，高兴得她好几个晚上都没能入眠……

八月二十五日那天中午，我与圆圆带着多画面广告灯箱样机和书籍到达了沈阳北站。年已四十八岁的梅花正在出站的地方等着我们哩……

梅花首先拥抱了圆圆，然后又捧起了她的脸，一边贪婪地左看右看反复看，一边再次地自语喃喃：“……好闺女……太像了……太像年轻时的梅妈妈了……一别十年……都长成大姑娘啦……”

圆圆那年十八岁了，长得面如满月，眼似秋波，樱桃小口，杨柳蚕腰，与梅花长得的确像极了……

梅花早已在宾馆开了两套房，她与圆圆住一套带套间的，我个人住一套单间的……

在那一次的展会上，我在梅花的帮衬下，又获得了丰厚的回报。

三天的展会很快就结束了。距离圆圆九月一日开学还有三天的时间，于是我们三口人游览了沈阳的故宫，还有东陵、北陵，最后一天又去了沈阳刚开放不久的世博园。在那里，我不断地举起摄像机，为梅花和圆圆在各个风景如画的景点拍摄了许多个幸福而又甜蜜的镜头和悲欢而又离合的画面。

八月的最后一天，我们又一起来到了大连外国语学院，为圆圆办理了入学与住校手续。下午我与梅花便乘上大连开往上海的列车，我还要到徐州进货，她也要到上海参加会议，各自又忙起了各自的事业……

二零零六年十月下旬，从河北保定来了一位刚三十岁的帅哥，名字叫韩军。韩军是一家大型企业的总经理，资产多达好几个亿。

他在保定本来是从事纺织行业的，这回又盯上了我的“多画面广告灯箱”，并觉得该项目很有市场，便决定投资办厂。

那天，他带着两名技术员来到了我的工作室。先是观摩了一阵子陈列在那儿的系列产品，然后问我买断河北省得多少真金白银？

我以为他是在与我开玩笑，便跟他说那可得十二万元钞票。没想到韩老板却说不多不多，并当即就与我签订了一份合同书，甩给我十二万元钞票。

财富来得太突然了，就像天上掉下个大馅饼似的。

韩老板见我两眼直勾勾地盯着那一堆钞票，便觉得十分的可笑。他讥笑我不懂得市场行情，那么好的项目，一个省才要了那点钱太可惜了，即使要一百万也不算多。

嗬！真正的大手笔呀，原来是韩老板觉得他捡到了大便宜，在那儿偷着乐呢。

果不其然，韩老板回去后就大显身手，在全省各地安装了上千台“多画面广告灯箱”，他那银行账户上的存款数字直往上涨……

由于我待人真诚、随和，嘴巴又特别能说会道，所发明的项目市场前景也非常看好，所以前来参观考察的客户大都心甘情愿地把钱掏给我。记得有人曾说过：啥叫能人，能人就是能让他头脑里的“财富”被别人所接受，然后再心甘情愿地把他兜里的钱掏出来装进你的兜里头。

有的客户说我的身上似乎有一种无形的磁波，他们一见到我，被我的几句话一煽乎，就再也挪不动脚步，便身不由己地把带来的钱款掏给我……

不过，他们也没有白掏腰包，掏给我的只是一点小钱，从我这儿学到技术回去后，大都得到了巨额回报。一个个不是当了百万富翁，就是成了千万、亿万富豪，比我这个当师傅的都强多了……

有时候财运来了势如破竹，挡都挡不住。那两年，我生意做得顺风顺水，前来参观考察学习的客户一拨又一拨，十分的热闹。我一个人既要接待那么多的客户，又要分别与客户谈判、签约，还得陪客人们吃喝，安排好他们的生话。更要命的是每天还要接无数个电话，累得我头晕目眩，高度疲劳……

二零零七年，是我们家双喜临门的一年。五月十七日，大女儿芳芳出嫁了，九月一日，小女儿凤儿又考上了大学。那一年的好事可真不少。

就在刚把小女凤儿送上大学的第二天，来自长沙的美女小何，沈阳的帅哥小朱，还有海口的小阮就不约而同地前来接产。由于小何比他们两个早来了半天，所以我就安排她住进了工作室的套间，另两个去住宾馆。凡是前来接产培训的学员，都是由师傅先教他们组装焊接电路板，然后再教组装各种零配件。最多只需三天，便可把全部课程学完。可他们三个竟然磨磨蹭蹭地学了七天……

原来小何是一位美女，长相既标致又丰满，十分像高圆圆。那两小子一见到小何，头魂就被勾走了，学习时总是心不在焉，老想多看美女几眼，并且每顿饭都争着为她买单。

自古嫦娥爱少年。经过几天的角逐，小何最终还是相中了高富帅小朱。那个年龄偏大、貌似越南人的小阮，自然被淘汰出局靠边站，只能每天瞅着小何垂涎三尺干眼馋……

就在小朱与小何将要回去的清晨六点，我有事要到工作室去办。可我敲了半天门，也没见小何在里边。几分钟过后，就在我刚要离开时，以为我已经走远的小何悄悄地打开了房门，一下子与我脸对着脸。她顿时慌乱地与我打了一声招呼，便羞涩地转过脸老往卧室看。

不大会儿，小朱一边穿着衣服，一边很尴尬地来到我面前，有些不好意思地为自己狡辩："马老师，我，我们，小何说，说她害怕，叫，叫我来陪她……"

"好啦好啦，我都看到啦。你们年轻人相爱是可以的，但也太猴急了吧。"

现在的年轻人哪，才刚相爱一天就上床了。哪像我们那个时候呀，谈了几年恋爱，连手都不好意思拉一下。真是大闺女要饭——死心眼啊！

下午六点，小何到火车站先送走了小朱，回到工作室见到我就哭。我问她咋的了？她颤抖着嗓音告诉我，她太爱小朱了，他这一走让她闪了一下，也不知小朱以后会不会真的娶她……

嘿！你还别说，三年后的八月十六，小朱还真的娶了小何。我也应邀去了沈阳，喝了他们的喜酒。

二零零八年的正月初一大清早，也不知从哪儿飞来了几只喜鹊，它们纷纷落到了我家晾衣服的外屋，然后就叽叽喳喳地展开了歌喉……

哦，这是喜鹊登门，大吉大利呀！它们这是在告诉我：当年还会有更多的喜事等着我……

果然，二月二十九日那天，大女儿芳芳在市立医院诞下了一个男孩，小家伙长得天庭饱满，地格方圆，是一个标准的小帅男。

几天后，就在我为外孙举办庆生宴那一天，突然从桂林又来了一位“大款”，给我送来了十二万元钱。

此人姓左，本来是干建筑的。由于嫌干建筑工钱难要，便想改行，搞我的多画面广告灯箱。他临来前，只是想垄断一个桂林市，所以才带来了三万元。可到了我这儿以后，目睹了那么好的项目，又经不住我的一番忽悠，立马就改变了主意，要拢断整个广西壮族自治区。

呵呵，又是一只大手笔呀！左老板立马就把带来的三万元全部奉献，又打电话叫他婆娘再给我汇来九万。可那婆娘坚决不干，只同意给七万。左老板问我可咋办？

七万就七万，总共十万元，那两万就当是我送给左老板的机芯钱。

可到了第二天，那婆娘还是给我汇来了九万元。

这哪儿成啊！我连忙又取出两万元，执意要退还给左老板。可万万没想到，左老板却坚决不让还。还说什么，这钱本来就是应该付给我的转让费钱，都是那个臭婆娘胡搅蛮缠。最后还是老天爷睁眼，叫她又给我多汇了两万元。

哎呀……好人哪！这位桂林的左老板好诚实呀。怪不得他那几百万的工程款都打水漂啦……

是啊，连老天爷都在帮我呀！看来，我真的是福大命大造化大呀……

几天后，应左老板的要求，我租了一辆出租车，陪同他游览了我们当地的古迹大泽乡，那里是陈胜吴广起义的地方。临别时，我心里酸酸的，几天的相处朝夕，倒挺留恋他的。我掏出早就准备好的五千元人民币，硬要他拿着当路费。可他又一次拒绝了我的好意。说是那么多钱都给我啦，哪里还在乎这点小意思……

左老板呀左老板，像你这等视金钱如粪土的好人，应当去从政呀！当个省长、县长、土地局长、财政局长什么的，决不会成为腐败分子的。

二零零八年八月中旬，北京那边又传来了喜讯，龙儿报考的北京服装学院已经录取。我那一对龙凤胎转眼间都成了大学生，我决定把这个喜讯告诉将他们带大的老娘。

于是，我买来了两大盘炮杖，带着龙儿去了一趟故乡，在老坟地与老宅各放了一盘，告慰了在天堂的爹娘。

就在为龙儿办完升学喜宴的第二天，我亲自陪着他来到了位于北京朝阳区的北京服装学院。待办完了入学手续，我们爷儿俩又在北京的天安门、东西单玩了一天。

站在宏伟、壮丽的天安门城楼上，展望着日新月异的北京城，我不由得思绪万千……

三十多年前，我曾在这里当过五年汽车兵，如今儿子又考上了这里的大学，将在这里度过大学生活四年……

傍晚，龙儿又把我送到了北京站。就在我临要登上返程列

2008 年 12 月 26 日，在天津的展会上，给大学生们做讲演

车的那一刻，儿子第一次拥抱了我。此时，我又一次有了什么是血浓于水的体验……

我还沉浸在二零零八年一连串令人陶醉的梦幻中呢。二零零九年的好事又一个接着一个地上演……

就在五月的一天，突然从大连来了一位姓李的老板。此人还不到四十岁，瘦高的身材，性格有点儿痞。他原本只是个往工地上送料的小包工头，当时不知怎的也盯上了我的项目。而且不但要接产，还要把整个辽宁省买断。

李老板经过与我讨价还价般的谈判，最终只愿意出资十一万。我也很爽快地拍了板。可就在我把合同书打印完毕后，他又非得要我到他们下榻的宾馆去签。说是他的媳妇在宾馆，得她来签才能算。

嗯，这小子原来还是个妻管严。

我们一起来到了“花园宾馆”。刚一打开房门，迎接我们的女子顿时把我惊得瞪圆了双眼……

哦，这不是又有三年未谋面的“梅花”吗？怎么会在这儿出现……

还没等我反应过来呢，那位“梅花”就笑盈盈地作了自我介绍：“你就是马大哥吧，是我姐为我们物色的这个项目，你不记得啦。我是她的双胞胎小妹梅果呀，你就叫我小妹好了。马大哥可得多加关照哟……”

“噢，你是梅果呀！我还以为是梅花呢……”此时，我忽然想起，梅花是有一个双胞胎妹妹叫梅果。在我与她姐姐谈恋爱时，她还与梅花一起去过我家呢。

与梅果签完了合同，我执意不收他们的钱。可梅果死活都不干，她说这都是她姐出的钱。关系归关系，生意归生意。梅果一边与我聊着回去后创业的梦想，一边安排她老公去银行把款打到我的账户上。

趁着她老公没在场，我打听了一下她姐姐的近况。小妹告诉我：她姐姐心中似乎有一个偶像，这些年一直不肯搞对象，至今都五十一岁了，还单着呢……

随后，小妹调皮地瞟了我一眼，压低了声音问："喂，我姐的那个心上人不会还是你吧？她总夸你，一提起你就俩眼放光，像是吃了'蜜糖'……"

小妹一番半开玩笑的言谈，说得我心里特别的伤感……

梅花这是在变着戏法的帮我呀！她知道我不会无理由地用她的钱。才采取了这种曲线的办法，把钱打进了我的银行卡里边……

应小妹二人的请求，我与师傅于二零零九年六月初来到了美丽的大连，上门为小妹培训技术人员。我们俩刚一出站，就遇上了前来接站的李老板。他开着一辆本田，把我们拉到了一家气势磅礴的五星级酒店。

走进餐厅包间，眼前的一幕又让我顿感眼花瞭乱……原来，端坐在沙发上的一对丽人，长得一模一样，就像是两朵鲜艳夺目的并蒂莲……

我太开心了，居然能在大连与魂牵梦萦的梅花再次相见……

我有些激动地辨认着……再仔细地辨认着……心里边泛着

嘀咕：到底哪位才是她呢……

“我在这儿呢，怎么连我都认不出来啦？”梅花眨动着那双美丽的大眼睛，笑吟吟地看着我，终于朝我伸出了橄榄枝般的双手……

我连忙一步跨过去，与梅花的双手紧紧地握在了一起……

“爸爸，梅妈妈，梅阿姨，我来啦，你们都挺好的吧……”

就在这时，圆圆从外边进来了。

圆圆分别送给大家一个香吻，然后拉起了我的手，向我汇报着她这几年来的学习成绩，以及打算在二零一零年报考研究生的决心。

我表示会全力支持闺女的学业，哪怕是出国深造也没有问题。

“还有我哪……圆圆也是我的闺女。出国留学的费用也有我一份……”梅花不失时机地也插了一句。

“爸爸，梅妈妈待我可好了。她经常地给我寄东西。上个星期还给我寄来了一款苹果手机呢。”

“我就不算数啦！姐姐三年前就把圆圆交给我这个小姨啦，我可没有叫圆圆受一丁点儿委屈呀……”

梅果也在那儿接上了话题……

“对，对，梅阿姨可疼我啦。平时有什么好吃的，都会叫上我呢……”

圆圆边说边与梅果拥在了一起……

就在为我接风的午宴开始时，那神奇的场面出现了。

梅花，梅果，马圆圆，三个长得一模一样，就像是一个模子刻出来的人并排坐在了一起，神奇得不能再神奇。我急忙取出了摄像机，把这神奇的一幕定了格。

接风的午宴结束以后，梅果为我与师傅，姐姐与圆圆各开了一个标准间。第二天上午，圆圆又回到了学校。师傅向他们传授技术，梅花陪伴着我到电子商城购买零件了。

买完零件后，我们来到了碧海荡漾的大海边，乘上了一艘劈波斩浪的快艇，绕着蔚蓝色的大海转了一圈又一圈……

最后，我们又来到了布满怪石的老虎滩。

在那里，梅花告诉我，这次的大连相逢又是她精心策划与编织的。这样做既给梅果选择了一个不错的项目，又为我们营造了再次相聚的良机。

我劝她别老是单着死心眼了，若遇到了合适的，还是应该再找一个伴。不然，我这心里也总是不安。

她叹了一口气，有些伤感地说："都五十来岁的人了，还找什么呀？我这一辈子可就沾上你了。这些年我也说不上是咋的了，自打把你弄丢后，心里总是特别的难受。你的脸庞与身影总是在我的脑海里转悠，总是在我的记忆深处。你在我的心里，从来就没有离开过。你说我这心里还能再装得下另外一个人吗？"

"可我已经拥有了凤至与几个孩子，与你又远隔千山万水，不可能总在一起照顾你呀。"

"我觉得在乎一个人并不一定非得在一起，他只是一种心灵的感应，情感的呼唤。古人云：'花自飘零水自流，一种相思，两处闲愁，此情无处可消除'，我们正是由于距离，才显得更美，因为不能结合才更加情重，我愿与你一路相伴，牵手一生。”

这个大傻瓜哟，简直是叫琼瑶的书给洗脑喽，让那些迷魂汤给灌糊涂了……

你还真别说，现如今像梅花这样的富姐那么在乎情感的还真的不多。而我呢，自打拥有了她这位“红颜知己”以后，就再也没被其他的异性“俘虏”过，心里面装的除掉凤至就是她了……

在大连逗留了三天以后，我们又来到了沈阳，重游了那里的世博园。在那里有很多个国家的著名景点，我们相互拍下了许多张令人陶醉的照片……

2009年6月摄于大连

就在此时，我忽然接到了侄子兆和的电话，说是孙女将于六月二十日出嫁，叫我马上回去参加婚礼。那天已经是六月十八日了，婚期迫在眉睫。为了争取时间，梅花买了两张当天下午沈阳飞往徐州的机票，要一路上陪着我。

我们那天乘的是一架小型客机，下午是多云天气。飞机升空以后，展望着脚下的朵朵白云，我们顿时有了一种腾云驾雾的感觉。似乎正在奔向另一个万木争荣，鸟语花香，鲜花盛开，充满阳光的逍遥世界……

突然，我们乘坐的小客机颤抖得厉害，窗外到处白茫茫的，刚才那神话般的美景瞬间消失。飞机似乎失去了控制，转变了航向，朝茫茫的“天国”坠去……

此时，机舱内传来了一阵阵惊呼的声音，我也紧张地憋住了呼吸，把同样受到惊吓的梅花紧紧地拥在了怀里，做好了共赴“天国”的准备……

可就在此时，机舱内传来了播音员那甜美的声音：“各位乘客，请大家不要惊慌，飞机暂时遇到了强对流天气，很快就会过去的……”

我的个妈呀！众乘客虚惊一场，有一位胆小的乘客都吓得尿湿裤子啦。

我们大家终于松了一口气。果然五分钟后，飞机又恢复了正常飞行，舷窗外又重新展现出那一朵朵白云托着蓝天的壮丽美景。

飞机经过了近两个小时的飞行，终于降落在徐州观音机场的停机坪。我们手牵着手一起走出了大厅，来到了机场的售票处，梅花改签完次日飞往广州的机票后，便要我陪她到云龙山去转悠转悠……

我们打了一辆的一起来到了云龙山，没用多长时间就把那儿几乎转了个遍……

梅花似乎对云龙山情有独钟，对那儿的一草一木特有感情……

我们来到山上的寺庙，在为神像上过香之后，梅花还往“功德箱”里捐了二百元钞票。

梅花在云龙山的种种表现，让我觉得是个谜团。当我们来到了半山腰，她才向我说出了其中的奥妙……

原来梅花信奉佛教。就在不久前去广州的一座寺庙烧香拜佛时，庙里的方丈让她抽了一支签，经过测算，方丈说她的前世，家就住在徐州的云龙山。丈夫是一位“进士”，曾做过清朝末年徐州府的某知县。他们前世还生养了一群儿女，家有良田千顷，金钱万贯。只是后来日本人进中国，徐州沦陷，夫君在逃难的途中遇难。

中年就丧夫的她为了躲避战乱，这才带着儿女们一路逃难来到了奉天……

若干年后，她也香魂一缕，随风而散，享年八十有三。

又过了许多年，她的前世夫君转世到了安徽的宿县，而她也转世到吉林省的辽河县……

斗转星移，再过了许多年，她与前世的夫君终于在辽河县的前进村同居了一年。那一年恰巧正是一九七六年，这才又让他们续上了前世的姻缘……

呵呵……这可是一篇美妙绝伦神话般的爱情故事呀。太感人啦！我说怎么在辽河县第一次见到她，就怦然心动呢，闹了半天她原来是我前世的妻子呀……

记得我八岁那年，父亲也给我算过命。算命的先生也说我的前世是清末的一位七品知县。

你看看，这不是也印证了吗……现如今有许多奇葩的事情都说不清楚，那是因为科学还没有发展到那种程度。其实，凡事都是有因果的……

人们常说，今世的“红颜知己”都是前世的夫妻，也许这样的推测有点道理……

说完这些，梅花又含情脉脉地望着我，虔诚地说：“……

我相信这些，相信缘分。”

以后只许你的心里装着我与凤至姐，不许再有别人。那样我会伤心难过的……”

梅花边说边从手提包里取出了一条大象皮的腰带，递到了我的手里。她要用这条腰带时刻拴住我的心，不许再与别的异性接近……

呵呵……我扑哧一声笑了出来：“你咋比凤至看我看得还要紧呢”……

就在太阳西下，即将落山时，梅花又向我提出了一个关于圆圆身世的问题……

她说这十几年来自打见到圆圆的那一刻起，就总觉得圆圆和她有一种天然的血缘关系，不但长得和她就像是一个人似的，而且神态与性格也十分的相似。冥冥之中感觉到圆圆就是她的亲生闺女……

她还说圆圆有一次曾向她“泄露”过秘密。说她小时候听奶奶讲过，她是爸爸从乱坟地里捡回来的。

梅花还说她此生最大的心愿就是想解开这个谜。解铃还须系铃人，肯求我实话实说，帮她打开这一心结……

是啊，梅花的恳求并不过分，她那如饥似渴想寻觅到女儿的心情我当然能够理解。圆圆都已经二十一岁了，若有可能，我也很想解开她的身世之谜。如果梅花真是圆圆的亲生母亲，那样的结局是再好不过的……

可奇迹真的会出现吗？那种悲欢离合神话般的场面又真的会降临吗？万一出现了那样的奇迹，我倒是无所谓，可凤至她又怎能接受呢？圆圆虽然不是她身上掉下来的一块肉，可那也是她视为己出，带了二十多年的心肝宝贝呀……

想到这些，我的心里也是很矛盾的，一时也拿不定主意。只是想走一步看一步，车到山前必有路，一切还得顺从天意……

于是，我告诉梅花：天色已晚，叫她不要着急，明天先带她到一个地方看看去……

第二天一大早，我就与梅花打了一辆的，凭着大概的记忆，费了好大的周折才找到了徐州西郊那片荒芜的坟地……

岁月无情，当年的坟地已面目全非。那里又新添了众多的坟头，破坏了原来的布局。

我与梅花在杂草丛生的乱坟地里，仅凭着当年的模糊记忆，深一步浅一脚地寻觅着当年丢掉孩子的痕迹……

我们寻觅了一座又一座的坟头，也未能确定丢弃孩子的位置。忽然间，我在一座旧坟旁的草丛里发现了一截露在泥土外面的东西，便弯下腰用手一提，原来是医院用作输液的一根塑料管子。

噢，我猛然想起，这不就是当年我从圆圆的小脑袋旁边取下来的那根输液管吗？无可置疑，这里肯定就是当年捡到圆圆的位置……

此时当梅花也看到那根输液的管子后，似乎一瞬间打开了她那陈封的回忆。她一下子扑进了我的怀里，泪流满面的语无伦次："……没有错……就是这里……我的俊哥哥……我真的不知道该如何感谢你……我总觉得像是在做梦似的……你是圆圆的再生父亲……是我们娘儿俩的上帝……"

梅花一边回忆着那不堪回首的往事，一边向我娓娓道来了丢弃女儿的痛苦经历……

原来她自打一九八八年元旦诞下女儿后，她那道貌岸然、重男轻女的富豪老公就很不满意。

为了避开老公的嫌弃，孩子才刚满月时，梅花就将女儿送到了吉林辽河的父母那里。

女儿才半岁时，父亲又一病不起，梅花只得回东北再把女儿接回广州去。

就在她们母女乘坐的列车快要到达徐州时，已发了几天烧的女儿又不停地咳嗽，高烧不退，突发重疾。她只得从徐州下车，把女儿送到了儿童医院里。不知为何，女儿住了三天医院后忽然浑身抽搐，不大会儿就“停止”了呼吸……

医生告诉她，孩子已离开了人世，她只得抱着“死去”的女儿，打了一辆的，把孩子扔到了徐州西郊的乱坟地里……

没想到大概就是中午那场狂风暴雨又将上午扔掉的女儿激活，紧接着就遇上了我这个“上帝”……

圆圆的身世终于水落石出了。看到梅花那既悲伤又欢愉的表情，我的心里也感到无比的幸福与欣慰……

在返回徐州城里的出租车内，当我问起梅花打算什么时候认领亲生女儿时？梅花很坚定地表示：她并不打算认下女儿。原因是我们在那样艰难困苦的条件下，全家人都把好吃好喝好穿好用的让给了女儿，把她养这么大也不容易……

梅花还说女儿能够死后复生，长大后又上了大学，读了研究生，她已经很知足了。就这样默默地守望与关注着女儿，其实也挺好，挺凄美，挺幸福的……

多么通情达理、深明大义的女人啊！我一阵子感动，把她轻轻地揽在了怀里……半个小时过后，出租车把我们载到了徐州市内，我们又要回到各自的城市，只能再次分离……

回到了家里，当我把圆圆的身世之谜以及梅花的态度一五一十地与凤至讲过后。凤至并没有像我担心的那样把我给狠狠地数落一顿。而是深明大义地说圆圆应该认下这位母亲。还说梅花是一个好人，孤身一人也怪可怜的，若能多一个人疼爱圆圆又有什么不好的？圆圆若认下了这位母亲，会更加幸福快乐的，毕竟她是梅花亲生的……

哦，我没听错，搞错吧……凤至怎么会这么善解人意呢？我不会是在云里雾里吧……

二零一零年一月，好事又一回叫我摊上了。那时我市刚成立中国邮政储蓄银行，小女儿凤儿大学还没毕业呢，就通过考试被招进来上岗。现如今的政策那可比头些年强多喽，招工招干一律凭考试择优录取。要是在过去，想进银行工作不花个十万八万的想都别想。

二零一零年春节期间，又是我们全家人团聚的日子。圆圆与龙儿也从大连和北京回到家过年……

大年三十中午，我破例打开了平时没舍得喝的贵州茅台，与全家人共同庆祝二零一零年春节的到来……

当天下午，趁龙儿他们出去玩的工夫，我让凤至将当年圆圆裹着的那条小花被拿出，跟她谈了她小时候“死而复生”以及想让她认下亲生母亲的经过与态度。

当圆圆听完了她的这个神奇而又凄美的故事后，感动得直哭。她经过深思熟虑和痛苦的抉择后向我们表示：认下这个母亲倒是可以，但仍称呼她为梅妈妈，永不改口。我们才是给了她第二次生命又将她抚养成人的再生父母……

更值得欣慰的是，圆圆于当年的秋天大学本科毕业后，又考上了大连外国语学院的研究生……

二零一零年九月中旬，我与凤至再次去东北的三江口省亲。那天在辽河市我们的大红媒家里，我从丁书记那儿听到了一个不大好的消息。我的大贵人花树因患脑血栓，落下了半身不遂，在秦皇岛小儿子那里养病呢……

哦，我以为老哥还住在通辽呢。这回得到秦皇岛看望他去，正好还顺路哩……我连忙拨通了老哥的手机。当老哥听到我将要去看望他时，立刻高兴得跟孩子似的，还要到火车站接我们呢……

二零一零年九月三十日下午，我与凤至从沈阳乘动车于夜间九点钟来到了秦皇岛。已经满头白发的老哥，真的正眼巴巴望地站在出站口迎接我们呢。前来迎接我们的还有一位老太太，我瞪大了眼睛辨认了许久，才认出她就是我在北京认下的姐姐花静。噢，岁月不饶人哟。转眼间三十多年弹指一挥间，他们已由当年风华正茂的中年人变成了白发盖顶的老人了。望着老哥一瘸一拐地前来迎接我们，我的心里有一种说不出来的滋味……

我们乘上一辆出租车，不大会就来到了老哥在秦皇岛的住宅。老嫂把早已准备好的酒菜端上了饭桌。又有二十三年未曾谋面的老哥非得要与我喝上几杯不可……

就在我们哥俩对饮着美酒时，老哥告诉了我一个好消息：那就是我们碰巧赶上了他老儿子第二天，也就是十月一日的婚礼。他还告诉我，静姐与三个妹妹也全都到齐，她们都住在宾馆里……

第二天便是老哥儿子的婚礼，亲朋好友应邀出席。在婚礼的现场，我再次与花朵相遇……

与我同龄的花朵年已六十岁，头发也已经花白，岁月的年轮也同样在她的脸上留下了明显的痕迹。她见到我后非常的客气，总是嘘寒问暖的……

我把花朵引见给了凤至，她们两个还都有些不好意思呢。当她们二人站到一起时，我才发现这哪里是当年貌美如花的花朵呀！分明是一位中老年妇女，与风姿犹存、雍容华贵的凤至相比，显得是那样的逊色……

花朵也把前来参加婚礼的女儿引见给了我们。说女儿的名字叫冯丽，芳龄二十，正在南京上大学呢。

冯丽有点羞涩地管我们叫了一声叔叔、阿姨。

望着花朵那如花似玉、亭亭玉立的女儿，我与凤至都羡慕的直咂嘴。

中午的婚宴开席时，我们与老哥的家人坐在了一起。

坐在我旁边的静姐不断地向家人夸奖我如何出色，不但找到了凤至这样标致的美女，还当上了政府的乡长，发明创造了一项国家专利……

静姐还说她当年就没有看走眼，没想到我是那么的争气……

静姐的一席话，说得在座的家人都不住地打量着凤至，并为我竖起了大拇指。也说得花朵怪不好意思……

静姐的话刚一落音，我便与凤至站起身，先朝着静姐，再对着老哥，又对着老哥的家人，深深地鞠了三个躬。发自内心地感谢他们，感谢我人生中遇到的贵人……

我们在秦皇岛又旅游了两天。去过“天下第一关”的山海关，还在久负盛名的北戴河游玩了一整天……

二零一一年十一月一日，我们全家再次乔迁新居，搬到了红日小区一一百三十平方米花园式的小高层内。在这之前，我花费了七个整月的时间，又一次把房子装修得古色古香，富丽堂皇。小区绿化特别漂亮，我们居住的是楼房，前后有两个大花园。称得上是一处“花柳繁华之地，温柔富贵之乡”。

就在我们迁到新居后的第三天，我忽然接到了乔燕的来电。她在电话中说：儿子已经大学毕业，想到南方找个项目干干，并想顺路也到我这儿看看……

听到乔燕要来，我连忙向她表示了欢迎。并告诉她我这儿也有一个很不错的项目，让她也顺便考察一番。

二零一一年十一月的一天，我在宿州火车站的出站口接到了乔燕娘儿俩。日月如梭，光阴似箭。自从二零零零年首长去世于西安，一别时间又过去了十多年。展现在我面前的乔燕虽然也已年满六十岁，但当年的风采还依稀可见……

不过，她二十二岁的儿子罗马年长得既英俊，又伟岸，脸盘有些像年轻时的乔燕……

我把乔燕与儿子领进了工作室，打开了所有的样机，供她们母子俩欣赏与考察。

那天正好是星期天，凤儿也在我的工作室玩，我把她与乔燕母子做了引见。

那各种式样的广告灯箱、电子挂历、婚纱相框、动景山水画，看得她们目瞪口呆，眼花缭乱……

观赏完我的那些“宝贝”后，乔燕与儿子当场就决定留下来接产，并且要将西安市买断。问我大概得多少钱?

我指着墙上的价目表，告诉乔燕：“如果换上别人，最低也得六万。今天是你大老远的来了，我不但分文不取，还白送给你五十套机芯与零部件……”

“哎呀，这哪儿成啊……”乔燕不好意思地推辞着……

这有什么呀！谁叫我们是一个战壕里的老战友呢？我总不能谁的钱都赚吧。想当年我落难时，你不是也拿出一千元钱接济过我吗。我这叫作受你滴水之恩，当涌泉相报呀！

“呵呵，就你的脑袋瓜好使，还记得那些陈谷子烂芝麻哪！”乔燕愠怒地白了我一眼。

“当然了，那时候的一千元钱都够我们全家人一年多的生活费了。当时他们不给我发工资，是你帮我解决了全家人的生存困难，这样的大恩大德，我会刻骨铭心一辈子的……”

那几天，我安排她娘俩住进了我工作室的套间，吃喝就在楼下的餐馆，一切的开销全由我买单。白天，乔燕的儿子跟着师傅学习技术，我就领着乔燕逛狂超市与各处的公园。

第二天，在我市的雪枫公园内，我向乔燕问起了干娘与她老公的近况，她很伤感地向我诉说了她们一家的变故与悲伤……

原来干娘的身体还挺健康，可就在十年前的冬天，丈夫老罗患上了肝癌，已经驾鹤去了西天。

从此乔燕便与儿子相依为命，再没有踏进伊甸园，儿子毕业后就业又遇到了麻烦，这才在寻找创业门路的途中来到了我这边……

第三天，我把乔燕约到了办公室，从书柜里取出了一个小盒子，并递到了她的手里，让她打开看看。乔燕疑惑地打开了小盒子，原来是一块“上海”牌手表躺在小盒子里边。虽然表盘已有些发黄，但指针摆动的仍很正点。

“嗬，你可真够细心的呀！都这些年了，你还一直保存着哪！”乔燕一边惊喜地拿起那块手表，一边回忆起那还是她四十年前在北京燕山送给我的“情物”呢……

乔燕那时不仅像个知心姐姐般地疼爱我，还每个月从五十二元的津贴里拿出十元寄给老娘。

乔燕的儿子聪明认真，仅三天时间就把我发明的全套专利技术学会，还熟练地制作了两件样机。临走时，我还把乔燕母子请到了家里，并将乔燕引见给了凤至与孩子们……

当家人听说乔燕是我从烈火中救出的战友时，顿时就像遇到了亲人似的……

中午，我还特意在“金环大酒店”摆了一桌子酒席。庆祝我们两家人的团聚，祝福我与乔燕四十年的战友情谊……

在为乔燕母子送行的途中，她不停地对我抒发着感慨：“俊小马呀、俊小马，你咋就那么幸运呢，你的命咋就这么好呢，人世间的好事咋就都让你给贪上了呢……"

她深情地瞄了我一眼，接着又说："当兵时只知道你风趣、幽默，脑袋瓜聪明，挺可爱的。没想到你后来那么有出息，不但当上了乡长，还搞了一项价值连城的发明，我真的好羡慕你哟……"

她接着又说："再瞧瞧我，跟你简直就没法比。三十多岁才嫁个二手的，那人还是个短命鬼。我这一生好失败哟，到老了也没混出个人样来。"

"这也不能怪你呀，要怪就怪那个动乱的年代。若不然，我还兴许早就当上将军，与你成为一家人了呢……"

我也感慨地宽慰着乔燕。

"那还说啥了，我妈也总是这么说，她直到现在还都对你念念不忘呢！"

乔燕的儿子也不失时机地插了一句。

我们一路上还谈笑风生地回忆了过去在北京当兵时的幸福情景。不知不觉间，就来到了宿州火车站。没想到凤儿比我们到得还要早，并且已经为乔燕母子买好了返回西安的火车票。

乔燕感动地拉住凤儿的手，慈祥的吻了吻她的额头，一个劲地夸奖凤儿懂事，长得漂亮，工作又好……

看那架势，娘儿俩看凤儿的眼光都有一些异样了，似乎有点啥想法，暂时还不便明讲……

我与凤儿把她们送上了列车，并依依不舍地与她们道别……

第七篇

尾声

二零一二年五月下旬，应龙儿邀请，我与凤至从东北又一次省亲后来到了北京。那天下午六点钟，是龙儿到北京站接的我们。晚饭后，我们一起游览了鸟巢。第二天上午，我们又一次登上了天安门城楼，还瞻仰了毛主席的遗容。

夫人凤至在北京大学未名湖畔

五月二十六月上午，龙儿还带着我们一起游览了国家最著名的学府清华与北大。在北京大学的未名湖畔，我们在那风景如画的地方尽情地玩了一个半天。中午，我们又来到了颐和园。在那里，我和凤至各自换上了皇上与娘娘的朝服，美美地当了一回皇上与娘娘。特别是凤至，当她穿上那身绣着龙凤的黄缎子朝服，戴上凤冠，活脱脱的就像是甄嬛娘娘再现……

我与凤至摄于北京颐和园

我们租了一条小船，穿过十七孔桥，在那碧波荡漾的昆明湖转了一圈又一圈……

那年六月底，龙儿完成了北京服装学院广告学四年的学业，获得了学士学位。孩子很争气，他没有选择留在北京，而是选择了离家乡宿州较近的南京，开始了十分艰苦的创业历程。

龙儿随我，很有经商天赋。他开始创业时，只是在网上卖点擦脸去痘的小药，我每支十五元钱给他进的药膏，他每支居然卖了二百多。后来，他先后应聘到几家房地产销售部门搞策划，所撰写的营销方案屡屡中标，成为所在公司的“黑马”。

二零一三年四月五日，龙龙清明节放了两天假。我们全家人乘着大女儿芳芳新买的红色“现代”轿车来到了泰山脚下。为了看日出，凌晨四点半钟我们便开始往泰山顶峰上爬。

春天的凌晨，天还没亮呢。我们随着长龙般的人群经过了长达三个多小时的艰难攀登，最终登上了泰山的顶峰。山下已是草木逢春、百花盛开的季节，山上却还飘扬着雪花，气温低至零下。我们全家人激动地拥抱在一起，把雄伟的泰山踩在了脚下……

从泰山回到家不久，我的左腿就意外地出了一次“事故”。

2013 年 4 月与长女芳芳、外孙摄于泰山

四月二十一日上午，我在家端花盆时，不小心扭伤了左腿的膝关节半月板，患上了膝关节滑膜炎。

二零一三年九月的一天，我来到了上海的华山医院。骨科医生在我的左膝关节部位进行了微创手术，打了三个小眼，修复了破损的半月板。

就在手术的当天，梅花就与刚研究生毕业的圆圆闻讯赶到了医院。我由于刚做完手术不能下床，她们就与凤至一起轮流为我端茶送饭，忙活了好几天。目睹着凤至与梅花那忙碌的身影，我的心里充满了甜蜜与感动……

出院那天，芳芳、龙儿与凤儿也都赶到了医院。他们开来了两辆轿车，把拄着拐杖的我再次拉到了大上海的外滩。一路上，我们透过轿车玻璃，再次观赏到了那些依然耸立在十里长街两旁的多画面广告灯箱。那一幅幅不断变换的画面，显得更加璀璨与壮观……

在上海外滩，凤至、梅花与孩子们蜂拥着我在那里照了一张“全家福”，留作了纪念……

从上海做完半月板修复手术回到家里后，我又休息了几个月。在养伤的那段时日里，凤至不止一次地跟我念叨梅花的好，说她在我住院期间无微不至地照顾我，比她这位“原配”还尽心尽责呢。她还说我们都即将步入老年行列了，随着岁月的流逝，她已经不在意什么“红花”“绿叶”的啦，要我也多给梅花一些温暖，有机会就陪陪她。人家毕竟也在乎我大半辈子了……

随着市场经济的日新月异，我发明的那个“可自动变换画面的广告灯箱”几乎布满了全国各地。据有关部门统计，该项目经过十几年的运作，据然为国家创收了好几百个亿。有点遗憾的是，它的姊妹产品，“可自动变换画面的多画面婚纱（家居）画框”的市场还没有打开，目前正在寻求合作伙伴。相信在不远的将来，它也会像“多画面广告灯箱”那样，在全国亿万个家庭里大放异彩！

二零一五年三月中旬，我与凤至跟随旅游观光团一道来到了祖国的宝岛台湾。我们在那里尽情地玩了六天，去过慈湖、蒋介石塑像公园、仕林官邸、日月潭、阿里山等著名景点。台湾到处是茂密的山林，浩瀚的大海，白云托着蓝天。

2015 年 3 月 27 日与夫人凤至摄于台北 101 大楼附近的中山公园

从宝岛台湾回来还没歇过来呢，芳芳又为我与凤至报名参加了去泰国的旅游观光团。这可是我们出国旅游的首个国家呀！五月中旬的一天，我们从合肥登上了一架波音 737 飞机，经过了三个半小时的飞行，我们跟着旅游团来到了泰国的首都曼谷城。

在泰国长达六天的日子里，我们参观了金碧辉煌的泰王宫，风景秀丽的芭提雅，豪华富贵的黄金屋，以及百花竞放的流星花园。还有那一个个美若天仙的“人妖”表演……

看完“人妖”表演那天，我才花了四元钱，便换回了一张与“人妖”脸贴着脸的照片。遗憾的是，在泰国未曾见到过美女，她们绝大多数都长得黑不溜秋，很不“养眼”。仅有一位前美女总理英拉，我们还无缘相见。

不过，泰国的“人妖”却很神奇，他们个个不但长得细皮嫩肉，还多姿妩媚，漂亮无比……

2015 年 5 月 20 日摄于泰国“富贵黄金屋”

2015 年 5 月 20 日摄于泰国芭提雅

我才花了四元钱，便与“人妖”贴了一回脸

几个月后的一天清晨，睡梦中的我突然被一曲“在那桃花盛开的地方……”的手机铃声吵醒。

我抓起手机一看，中国香港几个字在屏幕上出现。

咦，这会是谁呢？我刚“喂”了一声，还没来得及问清对方是谁呢。手机里便传来了梅花那温柔而又亲切的声音……

梅花开口便急促地询问我的身体还好吗？是不是病啦……

原来她在头一天夜晚做了一个梦，梦见我躺在了医院里，病得很重。所以她才放心不下，给我打来了境外电话。

梅花告诉我，她刚刚在香港开了一家专门调理人体亚健康的特色神奇理疗医院。

她还告诉我：她现在有了圆圆陪伴在身边，又有我这个知己装在心里面，日子过得既充实又美满……

她还向我诉说，至今还经常惦念我，不然怎么会梦见我病了?

每当回忆起与我们一家人在一起的幸福时光，她心里就幸福得像吃了蜜糖……

她还邀请我们全家人去香港旅游观光，她会亲自为我与凤至调理亚健康，为我们俩的身体保驾护航……

刚刚结束与梅花的通话，又接到了圆圆打来的电话。

圆圆告诉我，她昨天夜间才到达香港，由于贪睡，才刚刚起床。圆圆自打二零一三年研究生毕业后，我们就让她去了她梅妈妈那里。这样既可以照顾她年近六十的梅妈妈，又可以在业务上帮帮她。

圆圆还有些神秘地告诉我：她处了一个男朋友。对方是位医学博士，不久就可以带回家让我们瞅瞅……

当天晚上六点来钟，我与凤至乘上列车，再一次驶向了她的家乡……

我们利用这次省亲的机会，又去了一趟辽河县。再次看望了我的那些战友与老同学……岁月不饶人哪，我那些当年生龙活虎的战友与同学，一个个都老的弯腰驼背，不再当年。唯独我还身材挺拔，红光满面……

我们再次来到了大红媒丁书记夫妇家。丁书记又一次设家宴招待了我们俩……

我们打了一辆的再次来到了前进村。这里是我的第二故乡，是我从部队复员后，待过四年的地方……

我们寻觅到了当年住过的小院子。那两间装载着我美好爱情和辛酸历程的小破房，早已经不复存在。取而代之的是一片绿油油的蔬菜。

看到这些，一幕幕往事又重新涌进了我的脑海。我的心里顿感汹诵澎湃……

我掏出手机，对着院子连着拍了几张照，把我曾经的记忆收藏了下来……

就在我们刚要离开时，却迎面遇见了老同学那林，巧的是他竟然是那木的哥哥。原来我三十七年前离开前进村时，已将那两间小破房以一百元的价格卖给了那林，这里的一切都属于他的了……

那林告诉我，他的妹妹那木也来了，正好还在他家呢。叫我中午别走，大伙儿在一起聚聚，热闹热闹……

我们与那林一起来到了他的家，正好那木也在那。已经六十多岁的她，模样倒是没有多大的变化，只是脸上布满了“排水沟”，明显的见老啦……

那木见到我仍然亲切如初，她慢声细语地跟我唠起了这几十年的变化……

她直到一九八零年二十八岁才结婚，爱人也是个教书的，对她关怀备至，疼爱有加。她们只生了一个儿子，至今孙子都十岁了……看来那木的结局还不错，已经很幸福了……

午饭时，那林喊来了几位老邻，还有住在我隔壁的村书记。我们聚在一起，一边喝着小酒，一边忆往昔峥嵘岁月稠……

岁月无情，斗转星移，转眼三十七年过去。当年屯子里曾经与我一起“战天斗地”的社员们，已超过半数去了“天国”。

那几个当年阻止我上“工农兵大学”的坏蛋也很早就下了地狱……

从东北回来才九十天，就开始了过年。

二零一六年大年初一清晨，梅花从香港给我发来了祝福的微信：“亲爱的俊哥哥，祝你春节快乐！我可能不是第一个向你送去祝福的人，但我确是最最想你，在乎你的那个人……昨天除夕，我在梦中与你相聚，整个夜晚都与你待在了一起。直到现在都忘不了那爱的梦境，割不断那缕缕的情丝……你不但是我前世的夫君，还是我今生今世的的蓝颜知己与贵人……”

紧接着，圆圆也打来了电话。她说跟梅妈妈在一起过年由于人少，一点儿也不热闹。都想死家里人了。若不是我们硬要她在香港陪着梅妈妈，她才不稀罕那个地方哪！还是老家宿州好哇……

圆圆还说：她已经买好了飞机票，将于正月初六把男朋友带来叫我们都瞧瞧……

上午八点，乔燕也打来电话给我拜年。

她首先感谢我几年前对她的无私支援。还说我的那个多画面项目，已经为她们家创收了二百多万元……

乔燕还说她这一辈子总是欠我的。先是我救过她年轻时的性命，后来儿子又端上了我送给的饭碗……她还热情地邀请我们全家到西安游玩，一切开销全由她来承担……

那天由于接听的电话太多，搞得我手机都没电了……

正月初六下午，圆圆果然带来了男朋友。他们不但给我送来了一件件大礼盒，小包装的各种礼物，还给我拎来了一箱子茅台酒……

我打量了一下圆圆的博士男友，嗬，那小子长得白白净净，文质彬彬的一副“天使”相貌，倒是不丑。特别是还生得眉清目秀，显得人很忠厚。还有那一米八的挺拔身材，配我们的圆圆，也算是足够……

晚上，我们又在“金环大酒店”摆了一大桌子佳肴美酒，请来了十多位亲朋好友，专门为圆圆举办了订婚酒，并祝福她有了心仪的未婚夫……

三月下旬，我与凤至又跟随着旅游团来到了黄山。二十五日那天，已经六十来岁的我们居然顺着“天梯”的台阶，一路翻山越岭，爬上了黄山顶峰光明顶。我们站在那儿放眼望去，整个景区都是峰奇石奇松更奇，云飞水飞山亦飞。置身于云山雾海的我们似乎到了“天堂”般的“太虚幻境”里……

置身于云山雾海的我们似乎到了“天堂”般的“太虚幻境”里

置身于云山雾海的我们似乎到了“天堂”般的“太虚幻境”里

从黄山回到家才刚一个星期，龙儿就打来电话，叫我们清明前到南京踏青去。

四月二日上午，我与凤至和凤儿一起乘高铁来到了南京。出了站之后，是龙儿开着一辆“凌志”轿车接的我们。

一路上，龙儿一边开着车，一边与我们拉着家常。忽然，他故弄玄虚地告诉我们，要带我们去见一位姑娘。

我连忙问：“是谁呀？怎么像个大人物似的，还挺神秘的。”

龙儿告诉我们，要见的这个人是她的女朋友，吉林辽河人，是从南京大学新闻系毕业的一位美女，芳名叫冯丽。

“什么，吉林辽河人！那与我还是半个老乡呢……”

“哦……”凤至连忙问：“那你怎么不跟家人说一声哩？”

龙儿狡黠的一笑：“我那是想给你们一个惊喜！”

“这么大的事，你也总得征求一下家人的意见，问问我们同……”

没等凤至说完，我就用胳膊捣了她一下，笑着替龙儿解围：“对、对，龙儿说得在理，他还是很有眼光的，我的那个女孩肯定不会差的。”

“就你会当好人……”凤至愠怒地白了我一眼。

“我同意俺爸的意见，我相信龙弟找的女朋友肯定会十分优秀的。”凤儿也发表着自己的观点。

轿车在一处饭店旁刚一停下，一位苗条淑女就迎了上来，并为我们打开了车门。

冯丽是一个非常心细的女孩，当她看到凤至的左手在车上擦破了一点皮时，便急忙跑到附近的药店买来了碘酒与创可贴，非常小心地为未来的婆婆包扎起来。

吃饭时，当我问到她家住辽河市哪儿，父母姓啥名谁时?没想到冯丽的回答让我好半天都没有回过神……

原来她家也是花家屯的。父亲叫冯涛，舅舅叫花树，正是花朵的亲生闺女，是一九九零年出生的，才二十六岁。

哦，我怎么刚一下车见到冯丽时觉得挺面熟呢，原来我们六年前曾在秦皇岛谋过面哩。

她与龙儿陪着我们在南京玩了两天，给我们留下了十分美好的印象。她不仅是一位天生丽质，大方得体的漂亮女孩，还是一位受过良好教育，特别有修养，会来事，招人喜欢与疼爱的姑娘。她还具有东北女子那种特有的坦诚与豪爽，贤惠与善良……

龙儿说他是在一年多以前代表宏伟地产公司以主考官的身份对冯丽面试时相识的。他们当时就都有一种心动的感觉，不久就顺理成章地相爱了。

龙儿还说冯丽非常的爱他，疼他，在乎他……

听到这些，我与凤至的心里都乐开了花……

二零一六年五月的一天，我家里突然来了一位不速之客。此人长得五短身材，大腹便便，脸大脖子粗，看上去有七十四五，自称是梅花的前夫。还给我带来了两箱子茅台酒和两条中华烟，并说此次上门有要事与我商谈……

原来那人也姓马，是香港的一位身价不菲的大老板。前不久去梅花的会所调理身体时，发现了长相酷似梅花的圆圆。经过闲谈，圆圆说出了自己的身世，精明的马老板立马就猜到了圆圆是他的亲生闺女。后与梅花交涉想认下女儿未果，这才辗转来到安徽宿州又找到了我，央求我做做梅花母女的工作，以便认下他这个没作为的阔佬。

马老板还告诉我，他后来的妻子已于两年前因车祸扔下两个儿子去世了。如今的她只想认下女儿，与梅花破镜重圆，安度晚年……

李老板还随手递给我一张银行卡，说里面存着一千万元人民币，是送给我救活并抚养她女儿的感谢费，我若能说服梅花母女与他再续前缘，他还愿意再出一千万元钱……

我的个娘哟！这李老板好有钱，好仗义，好阔绰哟。这笔钱可真不少呀，也太诱人啦，都够我在宿州买十套别墅了。可圆圆也是我亲手带大养大的女儿呀，我哪能见钱眼开呢？

我急忙推开了那张银行卡，表示可以做做她们母女的工作，但感谢费就算了……

待送走了李老板之后，我觉得梅花她们一家若能破镜重圆也不错，所以就给梅花通了电话，想做个“月下老”。没想到却被梅花骂得狗血喷头，她骂我还是人吗？明明知道她的心里只有我，为什么还要当“和事佬”，把她与伤害过她的那个男人往一块撮？梅花还说，她就是八辈子找不到男人，也不会再与李老板复合……

唉，我这又是何苦呢，看来梅花的心的确是让李老板给伤透了……

二零一六年七月中旬，圆圆给我打来了电话。告诉我她梅妈妈又在大连开了一家专门调理人体亚健康的 DDS 生物电疗法的医院。并代表她梅妈妈邀请我与凤至前去体验。

我带着凤至再次来到了盛夏的大连。

那几天，梅花用一种叫作经络电疗仪的仪器为我们进行了全身的调理。你还别说，那玩意还真的好神奇，通上电以后，只觉得所调理的部位有点麻，瞬间就打通了全身十四条经络，将各个部位的寒、湿、酸、风、毒排出去了……

经过调理，打通了我全身的经络，修复了受损的血管，恢复了正常供血，居然治愈了我好多种慢性疾病。

一天下午，圆圆带着凤至到母校去玩，我与梅花再次来到了大海边。在那里，我由衷地感谢她这些年来不做“红花”，甘做“绿叶”，默默地帮衬着我的事业。

梅花半开玩笑地拧了一下我的鼻子：“得了吧你，我本来就只是你的‘红颜知已’，从没想过要取替凤至姐。当年是我先负的你，才丢掉了‘红花’的位置，所以我只配做‘绿叶’……”

她沉思了一会儿又说：“你是一个有幸福家庭的人，你放心好了，我既然爱你，就会爱你的家人，他们也是我的亲人，我绝不会殃及无辜的。我不但不会不择手段地独霸你，还会与凤至姐一起继续地帮衬你，照顾好你的身体，让你能活到一百岁。”

说到这里，梅花还跟我扮了个鬼脸：“要不然，你还不得把我给扫地出门……”

“就你鬼精鬼精的……”我捏了一下她的脸，把她轻轻地拥进了怀里。并由衷地向她表示：“这些年，我的生活依旧，家庭依旧，多亏了她的善良与大度，她是我前世修来的幸福。我会选择好好地尊重、珍惜与善待她的……”

我们幸福的温存了一会儿之后，梅花慢慢地抬起头，无比深情地告诉我：她已经跟圆圆作了交代，待她百年之后选择墓地时，一定要选择一块离我们不远的。那样她不但可以与我们做邻居，还能继续做我的“红颜知己”。说不定来世还能与我再做夫妻呢。

多么善解人意又多情善感的女子啊！

我一阵子感动，再次把梅花拥进了怀里……

此时此刻，我突然觉得：一个男人真正的荣耀，不是他拥有多少女人，而是一个女人为他拒绝了任何男人！一个女人真正的自豪也不是她的男人独守她一个，而是不管这个男人经历了多少美女，他的心里最终仍然装着她。

梅花还告诉我：她二十年前就将我们的“结婚照”放大，镶在了一个镀过金的相框内，放在了床头柜，每天都要看上几遍，这样她就不感到孤独了，也像个有家庭有丈夫的女人……

哦，她这些年一直都把我当成她的老公哩……

应梅花之邀，我们于二零一六年深秋也来到了辽河市前进村故地重游。我们一起来到了原来的小院。

咦！小院里怎么突然又多出了两间小屋呀？我还以为进错了院子呢，正要转身往回返时，却被梅花拦住了。

她用钥匙打开了房门，向我笑吟吟地作了一个 " 请 " 的姿势……

我迟疑了一下，便随她走了进去。

噢，小屋里还砌了一铺小灶，灶上摆放着一个小炕桌，窗台上还摆着两盆月季花……几乎与原来的陈列一个模样。

梅花告诉我：她这些年来由于太怀念这儿了，半年前又买回了这个小院，在原来的地方重新盖了这两间小房……

她还说这儿是她终生难忘的爱情领地，是她的初恋和与我“拜堂成亲”的地方。所以她还想把这儿恢复原样，为的是在有生之年，还能常到这儿瞻仰瞻仰……

最后我们又来了西辽河畔的那片杨树林，在那儿我们席地而坐，情不自禁的唱起了《人生难得一知己》的情歌……

“俊：昨夜是那样甜蜜，
你出现在我的梦里，
还是那样端庄秀气，
还是那样善解人意，
还是那样温柔美丽，
让我怎能不意乱情迷。
花：今夜是如此美丽，

我要等你在我的梦里，
好想和你相偎相依，
好想和你共诉心语，
好想和你永远在一起，
让我如何能离得开你。
俊：这相遇好神奇，
花：这梦境好美丽，
合：你就是我最美的寻觅，
人海茫茫难得一知己。
花：昨夜是那样甜蜜，
你出现在我的梦里，
还是那样春风得意，
还是那样文雅帅气，
还是那样彬彬有礼，
让我怎能不意乱情迷。
俊：今夜是如此美丽，
我又等你在我的梦里，
好想和你相偎相依，
好想和你共诉心语，
好想和你永远在一起，
让我如何能离得开你。
花：这缘分是天意，
俊：这情意会珍惜，
合：你就是我永远的唯一，

合：此时此情怎能忘记，

花：这相遇好神奇，

俊：这梦境好美丽，

合：你就是我最美的寻觅，

合：人海茫茫难得一知己……

唱罢了歌曲，我们手牵着手，迎着渐渐沉去的夕阳和漫天灿烂的晚霞，漫步在泛着细浪的西辽河畔和丛林尽染的杨树丛间，渐渐地消失在一大片火红的高粱地里边……

二零一八年五月一日，圆圆、龙儿与凤儿三对小夫妻在宿州金环大酒店举行了集体婚礼。

乔燕、梅花、花朵夫妇也都在出席之例。

应邀出席的嘉宾还有花静、花树、梅果与干娘。

令在场所有宾客都没想到的是，当主持人把我们一对一个地请到了台上，竟向众人宣布：我们之间既是从前的恋人，又是后来的“知己”，还是今天的亲家……

亲友们听到这些，顿时掌声响起……

原来，乔燕那年带着儿子罗马年前来我这儿培训期间，就与小女凤儿牵上了“红线”。没承想两个孩子一见钟情，互生好感……

花朵的女儿冯丽头几年考上了南京大学，毕业后到宏伟地产公司应聘策划人员，没想到龙儿正是那个部门的主管。两人也是一见如故，相见恨晚……

缘分！天大的缘分哪！我们之间没能实现的夙愿，居然促成了下一代人的姻缘，了确了我们的遗憾。

中午婚宴开始，偌大的宴会厅座无虚席，热闹无比，我们几家亲家与三对新人坐在了一起。

岁月如歌，日月如梭，一晃几十年转眼即逝。望着当年貌美如花的她们如今也已步入了老年行列，心里别有一番滋味。不知怎的，她们年轻时的花容月貌总是重叠与浮现在我的脑海里……

她们虽然由于种种原因，曾经与我的情感随风而逝，但后来又像一朵朵花絮，纷纷飘落到我的生命里。我们虽然没能做成夫妻，但做个“红（蓝）颜知己”倒也挺好的。因为人生苦短，没必要闹得像“路人”似的。

我与凤至在给她们一一敬酒时，首先祝福孩子们为我们续上了前缘，成了亲家。并再次感谢她们在我落难与创业期间所给予的无私救助与资金支持。她们不但不是什么祸水，还是一泓泓“清泉”与“甘露”呢……

喜宴即将结束时，我还请摄影师特意为我们几家在新人们的陪伴下，拍摄了亲如一家，令人陶醉的合影哩……

那天，整场宴会直到下午三点多钟才在喜庆的乐曲中落下了帷幕。

幸福的伴侣

本人在那桃花盛开的地方

2016 年 4 月，夫人在那鲜花盛开的地方

在梨花飘香的地方

高雄田园风光，摄于 2015 年 3 月 26 日

2014 年 5 月飞往桂林之前

2014 年 5 月于桂林留影

2006 年 9 月在张家界的玻璃栈道上

温馨的家庭

2016 年 9 月摄于
湘西凤凰城

西双版纳曼听公园滴水祝福
留影 2016 年 11 月 29 日